© Pierre Le Gros, 2024
Édition : BoD • Books on Demand GmbH, In de Tarpen 42,
22848 Norderstedt (Allemagne)
Impression : Libri Plureos GmbH, Friedensallee 273,
22763 Hamburg (Allemagne)
ISBN : 978-2-3225-5514-7
Dépôt légal : Octobre 2024

Pour Himbowe.

Ce recueil est pour toi, ma gentille chienne, ma splendide blonde vénitienne à l'odeur pestilentielle.

« L'écrivain sacrifie son bonheur ; se plonge presque volontairement dans des désespoirs abyssaux. Néanmoins, il ne revient pas les mains vides : il peut enfin planer **au-dessous** des Hommes. En voilà une belle défaite. »

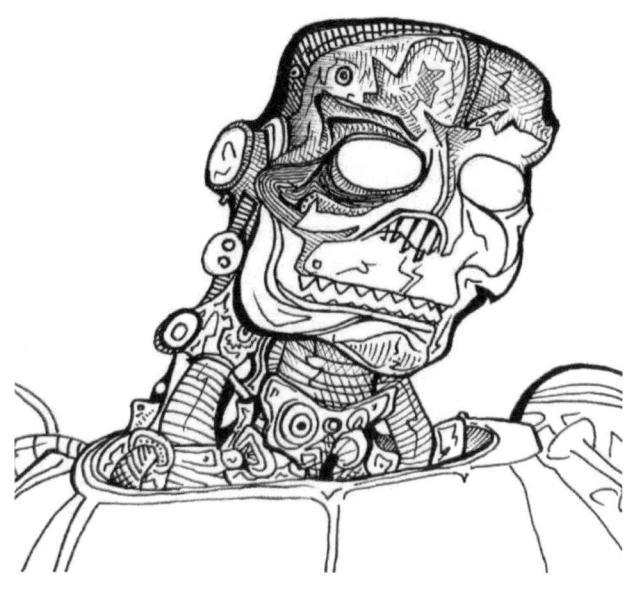

« L'écrivain sacrifie son malheur ; se plonge inconsciemment dans des voluptés inconnues. Néanmoins, il ne revient pas les mains vides : il peut enfin planer **au-dessus** des Hommes. En voilà une belle victoire. »

Ma deuxième année d'études sup fut une année ibérique, luxuriante en voyages, en sport et riche en sensations (tout autant que mon empreinte carbone, mais *Salamanque* ne manque pas d'églises pour se confesser).

J'ai eu la chance de visiter de nombreuses villes européennes durant cet Erasmus, ce qui, je dois le dire, est un avantage quand on est écrivain. La matière ne se crée pas seule, c'est bien connu en physique et en littérature. Ainsi, j'ai pu voir l'Espagne avec *Madrid, Valladolid, Zamora, Avila, Toro, Rodrigo, Tolède, Grenade* ; le Portugal avec *Porto, Lisbonne, Aveiro* et *Sintra* ; l'Italie avec *Bologne, Venise, Milan, Florence* ; la France avec les *Pyrénées*, à travers *Lourdes* ainsi que *Tarbes, Poitiers* ou encore *Paris* ; enfin, l'Autriche de *Vienne* et la sublime Tchéquie de *Prague*.

Salamanca est une ville de repos, agréable pour les ascètes et les artistes en puissance. C'est une ville où troubadours et esprits fougueux se rencontrent pour former une jolie symbiose.

Je souhaite être cette jolie symbiose.

I.	*Erreur. Échec. Défaite.*……………….p.11
II.	*Roi et neuf doigts.*……………..……..p.41
III.	*Flexbous.*…………………….......p.64
IV.	*La tyrannie de l'esclave.*……………..p.81
V.	*Le Golouth de Prague.*…………......p.108
VI.	*La Cueva de Salamanca.*………......p.150

NOUVELLE I

Erreur. Échec. Défaite.

Flop flip flap et *gloup glip glap* faisait le lait contre ses céréales ; il en avait plein la moustache, le gourmand ! Arnaud Lagrolle entamait une journée bien ordinaire par un petit déjeuner des plus communs. Enfin pas si ordinaire pour lui puisqu'à cette date, il croyait jouer sa vie ; et le déjeuner, de ce fait, n'était plus si commun à ses yeux, parce qu'il était le déjeuner de ce drôle de jour où il jouerait sa vie... Enfin qu'importe. Précaire et avide d'espoir, notre Arnaud a la vingtaine. Il fait partie de cette jeunesse fébrile qui cherche à faire sa place dans un monde qui fut bâti sans son consentement. Ses études venaient de se finir, pour son plus grand bonheur ; mais le voilà maintenant seul dans un monde dans lequel personne ne lui tend la main, pour son plus grand malheur. En quête d'une "*situation*" pour faire plaisir à son père et de relations intimes pour ramener de la gaieté au sein de son existence marginale, notre héros était perdu ; mais paradoxalement, Arnaud savait pertinemment ce qu'il désirait.

Alors que voulait-il me direz-vous ? Que peut souhaiter un jeune Arnaud dans son genre ? Ou bien que voulait-il être ? Que voulait-il faire ? Pour des réponses, demandons-lui, cela sera bien plus simple. Alors Arnaud, mon petit, mon mignon, que recherches-tu à la fin ?

« Moi ? C'est très simple. Je veux gagner ! Je veux réussir en étant le plus fort, le plus puissant ; que les gens me regardent, sans jamais cligner des yeux. Si les gens s'adonnent à la télé durant des heures en croyant qu'il ne s'agit que de minutes, eh bien avec moi, ils me regarderont pendant des années en y voyant que des secondes... Je vous le jure ! C'est une promesse ! On me dit prometteur d'ailleurs et c'est bien gentil, merci, mais c'est à présent qu'il me faut briller comme le soleil ! Pas demain ! Ni hier ! Maintenant ou jamais ! C'est promis, on entendra partout que le grand « Arnaud Lagrolle » étudiait ici, faisait cela ces jours-ci, ou bien a dormi dans cet endroit à telle date et j'en passe ! Je serai connu, et pas qu'un peu ! Un Chateaubriand ou rien ! Ou même un Victor Hugo, cela me va. En outre, je veux qu'on m'applaudisse parce que j'existe, parce que je suis, et qu'ils ne sont point moi. Je ne veux pas essayer de me faire une place, ni participer à l'Existence : ce que je veux plus que tout, c'est la

gagner, cette foutue place, pour être au sommet du monde ! Quand j'aurai réussi cette prouesse, ce n'est même pas mon talent qu'ils réclameront comme des loups assoiffés, non, la foule, ces vulgaires moutons, raffolera de mon essence, de ma substance jusqu'à la plus fine particule de mon Être. Je serai célèbre et grand écrivain ; ou je ne serai rien ! Rien à faire de participer, moi, moi, moi ? Je veux gagner ! ».

Pour le moment, loin de ses ébats utopiques, notre héros n'était rien de plus qu'un inactif économique. Il n'était ni plus ni moins qu'un Arnaud tout à fait ordinaire, qui vivait une journée des plus banales, en mangeant un petit déjeuner des plus communs. A l'heure où j'écris ce texte, nous étions en janvier 2004, précisément le 16. Cette date ne vous dit sans doute rien (et vous avez bien raison puisqu'il s'agit là d'un jour bien ordinaire, j'espère que vous l'avez compris...) mais elle signifiait tout de même quelque chose pour notre ami : les résultats du *Concours National Français des Jeunes Poètes* (autrement appelé le *CNFJP*).

Maladroit que je suis, je ne vous ai pas fait une bonne présentation du héros de la journée, puisque, mesdames, messieurs, notre jeune ami est un artiste dans l'âme !

Effectivement, Arnaud, s'il savait faire quelque chose de ses dix doigts, c'est bien écrire des poèmes. Étaient-elles jolies, ses poésies ? Je n'en sais rien, je suis narrateur, pas critique littéraire ; mais une chose est certaine, cela n'était point moche… De fait, depuis la fin de ses études, il ne faisait plus que cela, écrire et écrire, afin que son orgueil rassurât d'espoir son avenir peu glorieux d'être un jour parmi les plus grands. Il avait tenté des centaines, si ce n'est des milliers, de concours, pour atteindre son seul souhaité de célébrité, en vain. Chaque lettre de refus, accompagnée de son lot d'obséquiosités, lui redonnait pourtant foi dans sa prochaine tentative. Il se disait :

« *Ils ne comprennent pas mon Art, les scélérats ! Ce sont des abrutis et ils verront qu'un jour, je serai parmi les plus grands. Recommençons !* ».

Je pense que notre jeune héros a lu trop rapidement *Martin Eden*, sans se rendre compte que l'acharnement a un coût physique et psychique des plus néfastes. Pour être revanchard, ça il l'était ! Sans doute un peu trop d'ailleurs… Jamais il ne se disait « *au moins, j'ai participé* » ; non, il disait surtout le poing fermé et la mâchoire serrée, prêt à grogner sur la terre entière :

« Je ne suis pas comme les vulgaires participants, je suis bien plus qu'eux ! Je suis un gagnant en puissance ; un victorieux pas encore né ! ».

Vous comprenez donc pourquoi cette journée ordinaire ne l'était pas à ses yeux. Il attendait, faisant des ronds dans son appartement insalubre, la venue du facteur ingénu qui viendrait déposer sa lettre dans laquelle on annoncerait sa victoire. Après tant de refus, il ne pouvait que gagner ; et hop, le concours national, c'était dans la poche ! « *Pour bibi* » comme il disait. A lui, et rien qu'à lui, la gloire du monde poétique ! Arnaud Lagrolle en était persuadé, et sans doute avait-il raison, car moi-même, narrateur d'exception, érudit grandiose et personnage sans visage, retrouve en sa plume un certain talent (bien que, comme je vous l'ai dit, je ne suis point critique de métier…). En tout cas, lui y croyait ! Et pas qu'un peu ! Mais c'est très bien d'y croire, car sans espoir, on ne vit pas longtemps ; alors j'estime que c'est une bonne chose que de croire en soi (qui va le faire sinon ?).

Il devait être dans les alentours de neuf heures quand on sonna à sa porte. Quand il ouvrit, son sourire tomba quand il vit que ce n'était pas le postier, ni une postière, mais bien sa voisine l'octogénaire qui venait lui apporter quelques légumes. Erreur.

Échec. Défaite. C'était bien gentil, merci, mais ce n'est pas ce qu'il souhaitait à la fin ! Arnaud savait pertinemment ce qu'il désirait : de la gloire, de la reconnaissance, et surtout pas de vulgaires végétaux ! Bredouille, il attendait, à nouveau, faisait les cent pas dans sa tanière.

C'est à dix heures qu'on vint, pour la deuxième fois, frapper à sa porte. Cette fois, c'est la bonne ! Tout excité, notre jeune Arnaud se précipita, au point où il faillit trébucher sur son tapis, pour ouvrir à ce quidam mystérieux. Surprise ! Ce n'était que des jeunes croyants de je ne sais quelle religion, venus faire leur prosélytisme habituel pour tenter d'endoctriner de nouveaux inconnus. Erreur. Échec. Défaite. C'était bien gentil, merci, mais ce n'est pas ce qu'il souhaitait à la fin ! Arnaud savait pertinemment ce qu'il désirait : de la gloire, de la reconnaissance, et surtout pas se rapprocher de Dieu. Qu'importe.

A onze heures, pour la troisième fois, on vint le déranger. L'excitation sauvage du matin était bien redescendue, mais elle remonta aussitôt quand il vit que cet homme plein de vigueur était dans un beau costume bleu. Le facteur ! Pas de doute ! Oui, qui d'autre que le facteur ? L'homme, avec son badge où il était notifié son nom en petit, détenant en sa possession le secret ultime. Le dénommé « *Joseph Roulin* » sortit de son petit sac de postier, deux enveloppes que notre jeune héros s'empressa de lui arracher des mains ; chose qui voulait dire implicitement :

« C'est à moi ! C'est moi qui vais gagner ce concours ! Je suis poète, et pas toi ! Je suis Arnaud Lagrolle et toi Joseph Roulin ; moi gagnant et toi un simple participant, simple facteur, une simple circonstance en outre ! ».

Le comportement de notre ami était fort ridicule, mais que voulez-vous ? On ne se contrôle pas dans ses moments d'euphorie, et ici, ce fut la petite voix au fond de sa tête qui prit les commandes, quitte à en oublier la courtoisie. Ne saluant même pas ce bon monsieur, il lui claqua la porte au nez pour se ruer dans son fauteuil. « *A nous deux* » cria-t-il en déchirant le papier, à deux doigts de découvrir le précieux trésor. Il lisait rapidement entre les mots, puis entre les lignes pour ensuite arrêter tout simplement la lecture ; son visage d'enthousiaste déclinait en visage de malheureux : ce n'était que de la pub… Erreur. Échec. Défaite. C'était bien gentil, merci, mais ce n'est pas ce qu'il souhaitait à la fin ! Non ce qu'il souhaitait… Bref, vous avez compris.

Arnaud Lagrolle débordait tellement d'énergie qu'il avait oublié l'existence de la deuxième lettre. Après quelques secondes de vif désespoir, son égarement s'arrêta quand ses yeux se posèrent enfin sur le véritable trésor : un joli bout de papier avec un gros « *résultat du CNFJP* » sur la face. L'excitation revenait au galop ! Décidément, il n'en fallait pas beaucoup pour faire rebattre son petit cœur de post-estudiantin ; enfin non, son gros cœur de poète, pardonnez-moi... Ses mains tremblaient de délectation lorsqu'il la saisit. Il criait dans son appartement avec des « *Enfin !* », « *Hourra* », comme si le destin s'était chargé de lui faire plaisir. La scène fut cartoonesque : l'Arnaud l'intrépide voltigeait, bondissait, piétinait je ne sais quoi et grognait je ne sais quoi. A lui la gloire ! Ce qu'il voulait ? Gagner bon Dieu ! Être au sommet de la pyramide afin de regarder avec mépris ceux qui sont tout petits et qui l'admirent sur le sable ! Être le roi exécrable qui méprise ses sujets ! Être le renard sanguinaire qui terrorise les poulets ! Enfin, revenons à nos moutons… Notre jeune héros attrapa la lettre. Ses yeux s'agrandirent et sa bouche se ferma :

« *Monsieur, nous vous remercions pour votre candidature [...] Nous estimons le travail [...] Toutefois [...] Nous avons le regret et nanani nanana [...] Pas qualifié [...] Nos sincères remerciements.* ».

Terrassé, il se jeta en arrière, laissant tomber son faux espoir sur le sol. Erreur. Échec. Défaite. C'était bien gentil, merci des remerciements, mais ce n'est pas ce qu'il souhaitait à la fin ! Arnaud, ce qu'il souhaitait, c'était... C'était... Ce n'était rien, plus rien. Son espoir suprême venait de tomber en miettes. C'est ainsi. Il ne souhaitait plus la gloire ; ce coup lui fut fatal. Il ne voulait plus briller maintenant. Il voulait se faire tout *riquiqui* pour disparaître. Ensuite, des larmes coulèrent. En réalité, elles coulèrent toute l'après-midi, et en toute honnêteté, il ne s'arrêtait que pour aller se moucher... Pauvre Arnaud. Tout était morose ; mais tout était plus limpide également puisque, petit à petit, il comprenait l'erreur, l'échec, et la défaite : ce n'était pas le fait qu'il n'avait pas gagné, non, trop simple, son erreur se réfugiait dans le fait d'avoir mis trop d'attente, d'espérance dans un format qui n'en demandait pas. On n'est jamais déçu si on n'espérait rien dès le départ, cela va de soi : la déception n'est qu'une conséquence *a posteriori* de l'attente trop heureuse. Si le hasard existait, ce jour-là, et bien, il valait mieux y croire pour alléger la douleur. Mais dans un concours, ce n'est pas le hasard qui décide, n'est-ce pas ? Alors, si le talent existe bel et bien, ce jours-là, disons qu'il n'avait pas été reconnu chez notre jeune moustachu. Cela, c'est terrible pour un artiste... Vous ne pouvez pas comprendre. Aucun Joseph Roulin ne le peut d'ailleurs. C'est horrible, croyez-moi... Alors, il se mit à nouveau à ruminer sur son malheur en véritable gamin qui n'a pas obtenu l'accord parental pour s'acheter un jouet. Effectivement, il faut percevoir Arnaud comme un enfant pauvre qui se comportait comme un enfant pourri gâté en croyant que tout ce qu'il désirait, il allait, tôt ou tard, l'obtenir. Ce n'était pas un problème d'éducation, non, ce comportement est bien plus tragique : il ne s'agit là que d'une simple réaction, un moyen de refuge en outre, une fausse lueur d'espoir qu'on sait fausse, mais qu'on aimerait si vraie qu'elle prendrait vie, ce qui a comme conséquence que cela devienne une partie, minuscule, certes, de vérité... Quand on naît pauvre, que l'on est pauvre et que l'on n'a connu que cette pauvreté, on n'a que l'espoir pour survivre, alors ne lui jetons pas la pierre car se croire gagnant avant chaque compétition n'est qu'un tout petit mal dans ce monde où la folie règne en maître.

Arnaud Lagrolle, assis sur son lit, les mains couvrant son visage trempé, pensait à comment s'envisager une « *situation* » pour ne pas déshonorer les attentes de son père. En effet, si notre Arnaud voulait gagner, être le vainqueur, et désirait seulement cela, c'était tout simplement parce que le désir suprême de son propre père était de voir son fils briller. En conséquence, cela m'amène à dire qu'Arnaud ne souhaitait pas réellement gagner ce concours, non, loin de ce mensonge, ce qu'il souhaitait inconsciemment (car ce genre de chose, pour être dite, nécessite un courage titanesque avec soi-même que peu d'humain détienne…) c'était de devenir quelqu'un uniquement pour satisfaire l'égoïsme de celui qui l'a mis au monde. Pour son père, « *avoir une situation* » c'était briller ; pour Arnaud, gagner ce concours, c'était la garantie de briller en étant sûr de se transformer en une étoile filante que tout le monde remarque, ainsi son père n'y échapperait pas… Cette pensée fut foudroyante, alors il se leva et changea radicalement d'expression. C'en est fini du désespoir ! Il est encore (et toujours) possible de devenir cette étoile filante ! Quand nos objectifs tombent à l'eau une première fois, il faut recommencer ; et si cela perdure, d'échecs en échecs, il faut quand même garder son rêve, mais changer le moyen ! Le plus important, finalement, n'est-ce pas cette jolie maxime qui consiste à dire qu'il vaut mieux participer que de ne rien faire du tout ? Participer pour mieux apprendre, donc pour mieux gagner par la suite ? Le problème est que cette phrase est encore trop moralisatrice pour notre héros ; et encore trop proche de ce que *Jean de la Fontaine* lui enseignait quand il était enfant. Dieu sait qu'il détestait ses animaux qui parlaient comme s'ils savaient tout, alors qu'ils ne sont, en réalité... Que des animaux... Enfin, qu'importe.

Cependant, cela le motiva au point où Arnaud se releva une bonne fois pour toute de son désespoir. Il n'en avait pas fini ! Ah ça non ! Et heureusement qu'il n'en avait pas fini, car sinon mon histoire serait bien trop courte pour les jurys de ce concours... Arnaud gonfla son ventre, le buste robuste, et se mit à réfléchir : il avait toujours ce devoir, que dis-je, ce défi absolu : c'était celui de gagner ! Finalement, son échec n'est qu'une défaite parmi toutes les autres. Et hop, on passe à autre chose ! A la trappe ! Aux oubliettes ! On s'y fait et on repart plus puissant ! *Ce qui ne te tue pas te rend plus fort* disait un autre moustachu dont Arnaud avait oublié le nom... C'en est fini des concours littéraires ! Au diable ces concours ! Cette journée était ordinaire, certes, mais elle n'était point finie, il est toujours possible de la rendre extraordinaire ! Ignorance ou stupidité, qu'importe, puisque personne ne le reconnaissait comme prodige ; très bien, merci ; mais ce n'est pas ce qu'il désirait à la fin ! Il s'écria :

« Si je ne peux pas détenir la gloire livresque, si personne ne veut reconnaître en moi le magicien poétique que je suis, et bien, je m'en vais réussir ailleurs ! Changeons d'angle de vue, donc de domaine ! Je ne veux pas participer moi, je veux gagner bordel ! Alors, si je n'ai pas de reconnaissance, j'aurai au moins de l'argent ! Et avec l'argent, on achète tout, même de la reconnaissance au kilo. Gagner mon poids en or ou rien, en étalon-or tant qu'on y est ! Je m'en vais devenir riche, tout gagner en tant que gagnant, et ne rien laisser aux autres, risibles concurrents. Là est la différence entre le vainqueur et le perdant ! Et moi, je suis quoi ? Je suis quoi ? Un vainqueur par essence ! Je n'ai pas entendu ? Je suis quoi ? Un vainqueur par naissance ! A l'abordage capitaine, je l'aurai mon trésor, qu'importe s'il est matériel ou s'il ne l'est point ! »

Frénésie, folie ou motivation, on s'en fiche un peu ; le fait est que notre Arnaud Lagrolle avait repris du poil de la bête. Notre jeune héros attrapa aussitôt son manteau, récupéra ses clés ainsi que toutes ses économies et laissa à la place, malheureusement, toute sa modestie sur sa table de chevet ; en contrepartie, ses chevilles ne faisaient que de gonfler… Ainsi, il marchait d'un pas déterminé dans la rue. Il fila tout de suite au casino le plus proche pour récupérer son dû : la richesse ! On lui avait dit que seul le casino détenait la capacité de transformer un Homme : soit on devenait un chanceux heureux, soit on devenait un triste abruti… Qu'importe ! Il fallait gagner ! N'ayant jamais joué, n'étant pas non plus renseigné sur le sujet, Arnaud entra dans le bâtiment comme une star hollywoodienne. Pour lui, il était un protagoniste superbe chez qui le charisme renverse les esprits. Dans sa tête, cette entrée fracassante était tout droit sortie d'un nouveau western qui n'avait rien à envier aux anciens ; mais pour la commune humanité, c'est à dire toutes les crapules, les désespérés et les drogués de casino, ce n'était qu'un jeune Arnaud qui se prenait pour ce qu'il n'était pas encore… Par suite, notre ami se rua sur la première machine infernale qu'il vit. Il apprit les règles par l'intermédiaire d'un autre garçon qui semblait avoir son âge, sûrement un autre Arnaud comme il en existe des centaines. Ce monsieur, fort sympathique d'apparence, était probablement un malheureux qui pensait que la solution de son malheur se dissimulait dans la dépendance même qui faisait son malheur, au même titre que l'alcoolique boit davantage pour oublier qu'il est… Alcoolique… Pathétique, j'en conviens ! Tout cela n'est pas joyeux, certes, mais tout cela ne relève pas de notre affaire ; non, notre affaire, c'est Arnaud et notre Arnaud ne pensait qu'à lui, il ne pensait pas aux autres participants, tout ce qu'il voulait, notre Arnaud l'intrépide, c'était de gagner, non plus la gloire, certes, mais de gagner de l'argent ! Bon Dieu ! Gagner c'est gagner, qu'importe ce qu'il y a au bout après tout ! Ainsi, il discutait avec ce drôle de garçon dénommé Bébert, ayant les joues roses et un sérieux cheveu sur la langue, et qui était d'une gentillesse sans nom. Ce dernier admirait Arnaud comme s'il était déjà le souverain suprême de ce lieu. Il faut dire que son entrée fracassante fonctionna sur lui et il est vrai que quand on a l'air déterminé et que l'on croit si fermement à notre mensonge qu'il prend l'apparence d'une vérité, les autres sont plus aptes à nous apporter leur confiance. Regardez par vous-même, on croit et admire plus simplement (à tort, je le crois…) un politicien quand il a un costard que quand il n'en a point, et notre Arnaud avait l'air bien sûr de lui ce soir-là (même pas besoin de cravate), alors Bébert y croyait dur comme fer. Un point c'est tout. Notre garçon apprit en à peine dix minutes les règles ; et de ce fait, après l'intériorisation du jeu de la roulette, Arnaud misa l'intégralité de son capital sur une couleur afin de doubler sa mise. Une chance sur deux, ce n'est pas bien compliqué. Les maths sont complexes, les statistiques aussi, mais une chance sur deux, ça c'est explicite ! La dualité est grande : soit il gagne le double, soit il perd la totalité. Simple comme bonjour ! Alors, allons-y !

Très rapidement, on laissa une bille à toute vitesse dans l'arène de la mort : noir, rouge, noir, rouge, noir, rougeeeeeeeeeee… Noir. Rouge ? *clic clac clic clac*… Noir ou rouge ? Presque rouge, mais non, va pour du noir. « *NOIR ?* » cria Arnaud sans comprendre réellement s'il était gagnant ou non. « *Oui monsieur. Noir monsieur. C'est perdu mon bon monsieur* » s'écria le croupier. Erreur. Échec. Défaite. Encore. C'était bien gentil, merci de lui annoncer haut et fort qu'il était ruiné, mais ce n'est pas ce qu'il souhaitait à la fin ! Arnaud savait pertinemment ce qu'il désirait : de l'argent et surtout pas de devoir faire la manche dans les prochains jours ! Un moment de blanc s'installa et à en regarder la tête de Bébert avec sa bouche ouverte, on aurait dit que la désillusion était enfin dévoilée au grand jour ; que cette bouche pendante signifiait que tout s'éclaircissait dans sa tête, qu'il comprenait enfin que l'Homme politique, métaphoriquement notre jeune Arnaud, est finalement un menteur comme les autres, costard ou pas costard, cravate ou pas cravate, entrée fracassante ou pas… Arnaud, lui, commença à s'énerver de son côté, à gigoter dans tous les sens comme un asticot ou un avion qui rencontre des turbulences peu désirables. Personne ne disait rien, alors il opérait un demi-tour et repartit bêtement. L'entrée était spectaculaire, mais généralement, la sortie est toujours plus timide dans ce genre d'endroit…

Il rentra, désinvolte mais bredouille et surtout sans un sou. Ce soir, il mangera des pâtes, mais sans bolognaise, ni pesto. Des spaghettis, rien que cela, et c'est déjà bien pour quelqu'un qui n'a plus un rond dans la poche… Perdu, échec, détresse, désespoir… Il tombait au fond du trou, ou au fond de l'abîme, puisque la chute fut continuelle et qu'il n'y a pas de fond dans un abîme... En l'espèce, cette journée est fort ordinaire.

En marchant, la tête vers le bas comme s'il souhaitait volontairement que son corps s'écrase contre le sol, il croisa une connaissance qu'il n'avait pas vue depuis longtemps. Mais notre triste Arnaud faisait presque semblant de ne pas regarder de plus près qui était cette tête familière, en baissant le visage, toujours plus vers ses pieds, sans doute dans l'optique de finir le travail que la gravité n'arrive pas à achever… Biscornu comme un bigorneau rabougri, notre jeune aigri tombait des nues en voyant son ami au fin fond de l'avenue : Thomas, oui c'était le bon vieux *Toms*, « *l'homme rouge* » qu'on l'appelait car il rougissait sans arrêts et sans motifs ! Le *Toms* s'exclama, juste après que notre ami fit revivre son visage par un sourire des plus sincères :

« Je n'y crois pas ! Arnaud le poète ! Le bon vieux poète ! Qu'as-tu mon brave ? Ça ne va pas fort monsieur Shakespeareeeeeeeeeeeee ? Msieur le ministreeee ? Viens boire un verre si t'as pas bonne mine ! Je t'invite et je ne te le dis pas deux fois ».

Heureusement qu'il faisait preuve de courtoisie, ce vieux copain, car même une bière pendant *l'happy hour*, Arnaud n'aurait pas pu se la payer. Par convention, il se redressa et tâcha d'oublier ses récentes défaites ; il cachait son malheur, d'une part par amitié, d'autre part, parce qu'il sentait au fond de lui qu'il était encore possible de gagner quelque chose aujourd'hui. Mais quoi ? Il n'en savait rien. Pas la gloire lyrique, ni l'argent à foison en tout cas. Bref, le fait est que les deux camarades s'enfoncèrent dans une taverne à l'allure peu fréquentable, toutefois, et je dois le notifier, à l'ambiance fort admirable. Les bières furent tirées, les conversations lancées, et chacun racontait ses banalités. Que c'est bon de vivre ainsi ! La vie n'est qu'une accumulation de futilités après tout, c'est avec des petites choses qu'on crée un grand tout ! En tout cas, la soirée fut longue en rire au point où Arnaud en oubliait ses échecs. Pas de pactole mais au moins, il y avait des sourires.

Soudain, une ravissante jeune fille entra dans ce trou à rat ; l'admiration était directe et le contraste fut fugace, comme du sang sur la neige. Voilà ce qu'il fallait gagner, si ce n'était pas la gloire, si ce n'était pas l'argent, ça sera, ou ça ne sera point, le cœur de cette remarquable créature ! Il fallait vaincre, ou du moins combattre pour réussir ! La victoire ne se mange pas froide comme la vengeance, il faut performer pour être le premier à la manger chaude. Arnaud serra les dents, se leva en faisant volte-face, afin d'aborder, tel un pirate qui va chercher son trésor dans le bateau adverse, cette splendide personne. Il jeta un œil au *Toms* qui était rouge comme une tomate, sans doute rouge d'incompréhension ou de jalousie à la vue de ce courage. Qu'importe, ce n'est qu'un détail. Nez à nez avec cette fille, il entama la conversation :

« *Je me présente, Arnaud, je suis un jeune moustachu qui fut à deux doigts de finir poète, à deux doigts de finir riche, et sans doute ou sans doute pas, à deux doigts de vous séduire.* »

Toute gênée, elle n'osait pas répondre ; alors notre Arnaud le maladroit, combla ce vide en ajoutant, en se croyant subtilement drôle alors qu'il fut fort grossier :

« *Si votre ramage se rapporte à votre plumage, vous êtes le Phoenix de cette vile taverne. Veuillez, maître corbeau, venir dîner des exquises gourmandises italiennes dans mon humble château de prolétaire ?* »

La blague n'avait pas l'air de fonctionner, car force est de constater que son visage fut livide. Peut-être n'était-elle pas admiratrice de ce *Jean de la Fontaine* ? En tout cas, il ne se passa rien, si ce n'est qu'elle sortit ses jolies dents en ouvrant la bouche pour dégager un sourire peu sincère, dévoilant ainsi son explicite désappointement. Arnaud ne comprenait pas pourquoi elle ne répondait pas à son invitation. Qu'elle le rejette ou qu'elle accepte, il s'en fichait ! Il fallait sortir de cette situation gênante où le silence fut tangible ; pour dire, des sueurs de confusion lui grimpaient à la tête. Alors, il posa à nouveau une question de formalité, simplement pour savoir son prénom, afin de s'échapper de cette drôle d'atmosphère. Mais là aussi, elle ne répondit rien. Aïe ! La taverne s'était tue pour laisser place à une honte globalisante, personne ne disait mot et nous aurions dit que les mouches avaient, elles aussi, décidé d'arrêter de fanfaronner bêtement. Notre ami l'embarrassé se retourna vers Thomas, qui était devenu plus rouge que la planète Mars, comme s'il était énervé de la situation. Arnaud l'interrogea sur le sujet mais ce *Toms* le coupa d'un ton sec et explosa :

« *Premièrement, si elle ne te répond pas, c'est qu'elle est sourde, imbécile ; elle n'a rien compris à ton charabia de mauvais dragueur ! Deuxièmement, si elle ne te répond pas, c'est parce que c'est ma fiancée ! Canaille ! Enflure ! Voilà comment tu remercies un ami, fripon ?!* ».

Erreur. Échec. Défaite. C'était bien gentil, merci d'enfoncer le couteau dans la plaie devant tout le monde, mais ce n'est pas ce qu'il souhaitait à la fin ! Arnaud savait pertinemment ce qu'il désirait : de la gloire, de la reconnaissance, et surtout pas être ce ridicule prince charmant qui fait plus de gaffes que d'actes héroïques ! Il faut croire que la providence, ou je ne sais quelle déité, voulait que ce 16 janvier soit une journée ordinaire pour notre ami… Après cette révélation, Arnaud but cul sec sa bière, marcha lentement vers le comptoir en titubant d'une ivresse, non due à l'alcool mais à son récent comportement déshonorant, pour y déposer son verre délicatement. « *Clap* » fit le bruit de la bière sur le comptoir et aussitôt cela fait, il fit un 180 afin de prendre ses jambes à son cou le plus vite possible pour fuir cette situation digne des tragédies helléniques. Il ne se retourna même pas pour remercier *le Toms*, et qui plus est, souhaita ne plus jamais le revoir. Le ridicule gaffeur courut comme jamais on n'a vu quelqu'un, hors-jeux olympiques, courir. Ensuite, loin de la taverne, du casino et de chez lui, il s'arrêta sur une route lambda. Tout essoufflé, il respirait fort et recrachait son CO_2 puissamment, comme pour atténuer son envie de disparaître. Nuit noire, il continuait de déambuler dans la ville. Seul, cela va de soi. Ainsi, le vent soufflait, le cœur battait, l'esprit divaguait. Rien ne lui faisait plus plaisir que de gagner, mais à ce moment-là, il ne souhaitait plus rien. Si, il souhaitait dormir. Ronfler comme un ogre, hiberner comme un ours, et pourquoi pas ne plus se réveiller comme un mort. C'est cela qu'il voulait. Rien que cela. En tout cas, il ne voulait plus d'erreur, d'échec et de défaite. Qu'importe.

Sous un lampadaire, il s'arrêta pour chercher ses clés dans sa poche.

« *Cling Cling Cling* Cling »

L'atmosphère lourde pesait sur ses épaules fébriles. Soudain, une voix s'éleva dans la nuit : « *Arnaud, cherche-toi une situation !* » disait-elle, cette mystérieuse voix. Son père apparut sous le lampadaire voisin, puis disparut aussitôt en sortant du champ de lumière pour rentrer dans cette pénombre. Directement après, une autre voix s'éleva, plus féminine que la précédente : « *Bonjour, voulez-vous des légumes mon petit ?* ». C'était la vieille voisine ; elle aussi disparut rapidement. Étrange ! Arnaud n'avait pas le temps de conscientiser ce qu'il se passa car, aussitôt, un « *salutation, nous recherchons des jeunes adhérents, rejoignez notre religion et tout ira mieux* » sortit de nul part. Les croyants de ce matin étaient également ici ; que faisaient-ils là, eux ? Suspect ! Je dirais même plus, voilà un phénomène intriguant, presque surnaturel ! Arnaud Lagrolle se frotta les yeux. Tout cela est tout bonnement improbable, mais aussi probablement impossible. Une autre voix se fit entendre avec quelque chose du genre « *Bonjour, voici vos lettres, monsieur.* » ; c'était le facteur, le Joseph Roulin en personne, lui aussi était là avec son joli costume bleu. Sa tenue brillait sous le lampadaire, seulement le temps d'un instant puisqu'il disparut en quelques secondes dans la nuit sombre, suivant le même chemin que les précédents perturbateurs. Qu'est-ce donc que ce cirque ? Que signifie cette fantaisie ? Qu'est-ce que cette carabistouille ? Cette mauvaise blague ? Enfin bref, tout le monde y passa : il y a eu le croupier avec son « *perdu monsieur !* » et même Bébert avec sa grande bouche ouverte, qui disait en zozotant « *Zsalut le politicien, mzonsieur le ministre, remis de zvotre défaite ?* ». Puis ce fut au tour du camarade Thomas, autrement dit le fameux *Toms* et sa compagne... Tout le monde était là et tout ce beau monde lui rappela à quel point il avait échoué partout en cette journée du 16 janvier 2004. Cela lui fit admettre, qu'effectivement, ce 16 janvier est en réalité un 16 janvier des plus banals, des plus ordinaires, des plus communs. Il perdait, comme d'habitude. Mais tout ce cinéma lui fut comme une révélation. La foudre s'est abattue sur son cerveau, le ciel lui est tombé sur la tête et il changea radicalement sa vision ; il comprit ce qu'il aurait dû comprendre il y a bien longtemps : Qui perd, gagne ; car en perdant, on s'enrichit, on se relève plus fort et on devient meilleur que la veille ! « *J'ai bien plus gagné en perdant que si j'avais possédé tout depuis le début* » ira-t-il jusqu'à crier dans la rue. L'intensité de l'objectif est bien plus noble que la réussite instantanée en elle-même. Il faut désirer la victoire pour qu'elle soit heureuse et plus on perdra, plus la victoire sera appréciée avec appétit. Oui, c'est cela, le perdant, en se glissant seulement au statut du simple participant, se relève plus puissant. Nous sommes tous des perdants, mais aussi des vainqueurs, en puissance… L'erreur, l'échec, la défaite sont aussi de la réussite, une forme de gloire et de sagesse ! Il en a mis du temps, à le comprendre, cet Arnaud.

« ***Toc Toc Toc, Flop flip flap et gloup glip glap*** ».

Arnaud Lagrolle se réveilla en sursaut, mais aussi en sueur, dans son lit. Où étaient tous ces gens ? Il comprit rapidement que tout ce qu'il avait vécu, du petit déjeuner au défilé sous le lampadaire, n'était qu'un drôle de rêve. Il jeta un vif coup d'œil à son lit et y vit sa trace de bave, signe distinctif d'une longue nuit, sur son oreiller. Il s'était endormi sur sa lecture de la veille ; le pauvre *Camus*, à la page 116, avait aussi servi d'oreiller à notre héros le dormeur. Le papier était gondolé, car humide, mais on arriva tout de même à lire ces mots en haut de la page :

« Les jeunes ne savent pas que l'expérience est une défaite et qu'il faut tout perdre pour savoir un peu ».

Quelle coïncidence ! Quoique les coïncidences n'existent pas dans ce texte, je vous rappelle que le narrateur est un alchimiste, un prophète, un être divin doté d'un pouvoir de création (presque) absolu, capable de faire de la magie avec ses dix doigts… Enfin, qu'importe. Tout de même, cette citation camusienne tapait dans le mille. Mais il n'eut pas le temps d'en lire plus, ni d'y réfléchir davantage, puisqu'on frappa avec insistance, pour la deuxième fois, à sa porte ; afin de dire « *bon, c'est pour aujourd'hui ou demain, venez m'ouvrir ! Il caille dehors !* ». Alors, notre jeune Arnaud enfila à toute vitesse un pantalon, une chemise et ouvrit grand les yeux pour ouvrir grand la porte : le facteur ! Qui d'autre que le facteur ? Ce n'était pas Joseph Roulin, certes, mais c'était un bonhomme vêtu de jaune et de bleu et ce dernier lui glissa dans la main une seule lettre cette fois-ci. Merci bien et bonne journée ! Puis, notre jeune héros s'installa paisiblement dans son fauteuil, sans hâte, ni excitation. Il était serein, apaisé comme un sage à la barbe pendante. Trêve de suspens et vous vous en doutez, la lettre disait :

« Félicitations ! Vous êtes l'heureux gagnant du Concours National Français des Jeunes Poètes. Veuillez nous contacter dans un délai d'un mois pour recevoir [...] ».

Bref, le gain était gros, un gros gros lot, trop gros pour que je l'écrive ici. Mais Arnaud ne souhaitait rien de tout cela dorénavant. Savez-vous ce qu'a fait notre Arnaud Lagrolle ? Evidemment que non, vous ne le savez pas puisque c'est moi qui décide ! Le narrateur est tout puissant, il est divin ! Mais vous le savez... Que vais-je décider alors ? Toujours privilégier la morale, me dit-on souvent... Très bien. Je vais vous dire ce qu'a fait notre Arnaud. Notre charmant ami rejeta les honneurs et déchira violemment la lettre et cria :

« Au diable la victoire, moi ce que je désire, c'est l'erreur, l'échec et la défaite ! J'emmerde les champions ! Qui perd, gagne, mes amis ! Qui perd, gagne... ».

Il sauta dans tous les sens ; n'importe qui aurait pu voir se dessiner, sur ses lèvres, ce sourire véritable célébrant sa victoire. Il était apaisé, non d'avoir gagné, mais d'avoir participé. En définitive, le 16 janvier 2004 sera une journée bien ordinaire qui débutera, aussi, par un petit déjeuner des plus communs ; mais qu'importe, puisque Arnaud touchait enfin le bonheur... L'important, finalement, ce n'est pas de participer, mais bien d'être heureux ! Il n'y a que cela qui compte dans ce monde de fous !

Ce que je ne vous dirais jamais, c'est qu'Arnaud Lagrolle, à peine une heure plus tard, recollera les morceaux épars sur le sol et contactera aussitôt le concours pour recevoir les éloges. Il ne faut pas déconner ; perdre, c'est sympa deux minutes et on aura la chance de l'expérimenter d'autres fois ; mais gagner, c'est différent, gagner, ça n'arrive qu'une fois dans une vie, deux ou trois fois maximum pour les plus chanceux, peut-être jusqu'à cinq fois pour les tricheurs... Il n'y a que les imbéciles qui ne changent pas d'avis. Pas vrai ?

FIN.

NOUVELLE II

Roi et neuf doigts

L'encrier plein et le cerveau vide ; la pulsion créatrice est pourtant là, au bout des dix doigts, mais ce soir, rien n'y fait, rien n'y fera ! On a beau dire du bien sur le génie des esprits éveillés, comme quoi leurs cerveaux sont insatiables, une véritable industrie à idées, qu'ils sont des manufactures à chefs d'œuvres, mais il semblerait, tout de même, qu'arrivé à un certain âge, on n'ait plus rien à dire que l'on ait déjà dit... C'est une loi de la nature, personne n'y échappe ; même *Cervantes*, *Dante*, *Goethe* et *Proust* n'y ont pas échappé d'ailleurs... Tu m'étonnes ! Des gens meurent à cent ans maintenant, alors que peut-on encore dire de fécond à cet âge-là ?! A être trop moderne, on ne l'est finalement plus du tout ! Cent ans, rendez-vous compte ! Je me gratte la cervelle et je ne vois pas ! Cent années c'est beaucoup trop pour l'esprit ; l'âme suffoque de déjà vu, on radote, puis on radote, et à la fin, on radote ce que l'on a déjà radoté ! La belle affaire ! On a toujours nos dix doigts mais plus grand-chose dans la caboche... Peut-être raviver des souvenirs sans même l'espoir de les revivre ? Certes, mais rien de nouveau n'en sort, on n'est plus qu'une coquille vide qui tente de se réfugier dans le passé, ce drôle de mythe reconstitué. C'est bien triste ! Prions pour que je meure avant cet état végétatif et que je vive longtemps dans une période radioactive où mon imagination ne cesse d'être en éruption volcanique ! *Malheur à celui qui n'a plus rien à désirer* ; d'accord, très bien, mais on oublie souvent de dire que c'est encore pire pour ceux qui n'ont plus rien à imaginer ; ainsi, je reformulerais cette citation rousseauiste pour dire, avec plus de vérité : *malheur à celui qui n'a plus rien à créer* ! Car, quand on ressasse ce que l'on connaît déjà, on fait un surplace flagrant et à l'échelle de la vie, on ne lui fait point honneur. Rien de très positif en outre. Il faut donc que je profite, maintenant, tout de suite, de ma vigoureuse jeunesse pour créer, saisir et façonner, ce que je n'ai pas encore créé, saisi et façonné... Mais voilà, je vais vous faire part d'une légère confidence : j'ai vingt ans, depuis peu, vingt ans au bout de mes doigts, certes, mais il semblerait que j'en ai cent avec mon cerveau vide. Bordel, L'encrier est plein, comme je vous l'ai déjà dit, mais pourquoi alors ai-je le cerveau si profondément enclin au néant ? Suis-je si vieux que ça ? Déjà ? Vingt ans ! Je ne suis pas fou ? Vingt ans, c'est peu ! Non ? C'est l'âge où tout va vite, pas vrai ? Bah pas avec moi… Vingt ans, c'est cela, j'ai vingt misérables années sur cette planète, vingt ans dans mes dix petits doigts, dans mes neuf doigts de pieds, mais cent ans dans le crâne. La triste affaire. Je ne vous le fais pas dire.

Le problème est que j'ai envie d'écrire de superbes romans où je m'envole dans les airs pour découvrir des cités perdues, ou bien, m'enfoncer dans les eaux à bord d'un *Nautilus* afin d'affronter de drôles de *Kraken*… J'ai soif de voyages idylliques dans des contrées lointaines où ni *Colomb*, ni *Tolkien*, n'ont osé poser les pieds. J'irai, si bon me semble, exploiter des châteaux de bonbons, anciennement appartenus aux Bourbons, chanter l'amour à ma princesse en bas du donjon après l'héroïsme de mon combat contre le dragon ; ou encore, je me fabriquerai un avion de papier que, ni le *Petit Prince*, ni *Gary*, n'ont jamais réussi à piloter afin, hélas et enfin, de m'éloigner loin de ce triste monde, vers un nouvel univers que j'ai longuement désiré… En bref, dans ces formidables lieux, je poserai mon drapeau, mon bureau, mon encrier renversé, mes dix petits doigts et mes neufs doigts de pieds... Mais, avant d'entamer un tel périple, il est recommandé de ne pas avoir le cerveau vide. Et qu'ai-je moi ? Dix doigts puissants, certes, mais aussi un satané cerveau vide comme une cruche qui ne demande qu'à être rempli... Que faire ? Rêver des choses jamais expérimentées ou rêver ce que le passé nous a enlevé à jamais ? Renier la vie dans sa nostalgie esthétique comme si j'avais cent ans ou bien, a *contrario*, chanter la vie dans sa puissance en devenir comme si je n'en avais que vingt ? Ecoutez, me voilà fort embarrassé... Que dois-je écrire, moi ? D'un côté, si je veux respecter la vie, je ne peux donc pas m'échapper du froid sensible, de la triste raison ; de l'autre, le rêve, quant à lui, n'est qu'une construction utopique loin de la réalité brute... Que faire ? Eh bien les deux ! Pourquoi devrais-je installer une dichotomie entre ces entités ? C'est vrai quoi ! L'être humain est alchimiste, et avec dix doigts, on peut tout faire, avec dix doigts et neuf orteils, on fait de la magie sans mystères ! Ma vie fut rêvée, et mon rêve fut vécu ! Voilà tout ! J'ai le cerveau vide, certes, mais je suis encore capable de créer des symbioses lyriques ! Au diable celui qui dira le contraire ! Alors voilà, mon histoire sera double, ce sera un éloge à la vitalité tout autant qu'une sublimation onirique ! C'est cela ! Attendez ! Je crois que mon cerveau commence enfin à se remplir, goutte à goutte. De quoi ? D'imagination pardi ! Vous entendez ?! :

« *Gloup, gloup, gloup, gloup…* ».

Des perles d'inspiration tombent dans ma boîte crânienne : c'est le rêve et la vie qui viennent remplir cet espace creux ! *Alléluia* ! Le cerveau vide se remplit en vitesse.

« *Gloup gloup gloup gloup.* »

La jeunesse me revient, enfin ! *Eurêka* ! C'est le moment ou jamais de saisir ma plume afin de commencer mon histoire :

Je ne me suis point présenté. Je me nomme *Martin Pélicampe*. Ceci est-il un souvenir ou un rêve ? Là n'est pas la question. Écoutez-moi attentivement puisque je vais vous faire part d'un quelque chose fort surprenant. En conséquence, ce que je vais vous dire ici n'est pas très clair… Ne le prenez pas pour argent comptant ; mais ne le prenez pas non plus pour une simple fantaisie. Dans un rêve, derrière l'immense part d'absurde, il y a toujours un moment de vérité ; dans la vie, pareillement, derrière l'immense part d'absurde, il y a toujours un moment de rêve. Alors pardonnez-moi si j'admets un lien puissant entre les deux.

Tout commença un samedi soir. Cela faisait une dizaine de jours que je venais d'emménager dans un joli appartement, bien qu'un peu poussiéreux. J'avais décidé de changer d'air, de voir l'Autre avec un regard neuf, alors je m'étais battu contre l'administration française pour vivre une année dans un autre pays. Toujours est-il que c'est en changeant d'endroit que l'on se change soi-même… C'est une recette de grand-mère ! Bref, j'ai de ce fait tenté l'aventure ibérique puisque l'Espagne me semblait un bon compromis : ni trop loin, ni trop chère. Ainsi, mes études allaient bientôt reprendre, mais j'attendais quelque chose d'autre que la rentrée en ce samedi soir... Quoi ? Je n'en sais strictement rien. J'avais mes dix doigts, donc le principal, certes, mais le cerveau, quant à lui, était toujours aussi vide, ce qui fut plus embêtant pour le jeune de vingt ans que je suis… Je commençais tout juste à m'acclimater au repas tardif dans l'après-midi ou bien à cuisiner systématiquement avec de l'huile d'olive, quand le jeune français que je suis, découvrit, dans son propre appartement, une drôle de porte. Elle était en bois, tout ce qu'il y a de plus banal en terme de bois et en terme de portes, où l'on pouvait toutefois lire des inscriptions hiéroglyphiques gravées dessus. Pour être honnête, il me semble qu'il s'agissait seulement de lettres de musique, ce qu'on appelle un « *do* », un « *ré* », un « *mi* », bref, ce genre de choses, mais cela rend l'évènement moins mystérieux... Veuillez tout de même m'excuser pour ce manque de précision ; pour ma défense, n'ayant jamais côtoyé autre instrument que la flûte en primaire, toute cette langue me paraît bien ésotérique. Que je suis diffus dans ce récit, olalalala, mais que voulez-vous, je suis encore sous le choc ! Ainsi, j'étais installé depuis un certain temps, et je n'avais jamais remarqué cette pièce secrète, comme si on l'avait posée là juste pour me faire tergiverser en ce samedi soir. En bon explorateur, je décidai de partir en expédition dans mon propre logement afin de voir ce qui se dissimulait derrière cette bizarrerie. J'ai espoir que vous ne soyez pas trop déçu de ce que je vais vous dire : il n'y avait là qu'une misérable chambre, ayant visiblement appartenu à un bordélique peu hygiénique au vu des tas d'affaires éparses et de la paillasse aux taches noirâtres… C'est tout de même étrange que je n'aie point remarqué la présence de cette pièce alors que je vis ici, complètement seul, depuis plusieurs semaines ? Je n'invente rien, je vous le jure ! Elle n'existait pas et est apparue comme par magie en ce samedi soir ! J'en suis persuadé ! Un appartement d'à peine cinquante mètres carrés, on fait vite le tour quand même ! Enfin bon, toujours est-il que je suis par essence quelqu'un de rationnel qui ne cède jamais aux pulsions passionnelles, je gardai de ce fait mon sang-froid et fis comme si cela était anecdotique, donc, sans importance. Mon samedi soir se déroula fort normalement après cette découverte jusqu'à minuit environ, quand j'entendis au fin fond du couloir, un trousseau de clés s'agiter. Il est vrai que la frayeur me tétanisa et il me faut avouer que mon seul refuge fut de me cacher sous la couette... Comme quoi, on a beau être rationnel, on ne peut pas l'être dans toutes les situations. J'entendis ma porte d'entrée claquer et par la suite, des pas lourds retentirent. Vous entendez ?!

« *Plap, plap, plap, plap...* ».

Quelque chose d'énorme, quelque chose d'inhumain et de monstrueux, courait dans mon couloir ! Chaque pas résonnait au point où mon oreiller sautait à chaque secousse. Puis la bête se mit à accélérer la cadence. Pour moi, c'était signe de ma fin. Mais, à la place d'ouvrir la porte de droite pour assouvir sa fin diabolique de me tuer, cette bête sans visage que je ne pouvais qu'imaginer à ce moment-là, continua sa course tout droit, bousculant très probablement la porte d'en face à coup d'épaule, pour arriver dans les toilettes. Confronté à ce remue-ménage, j'étais livide comme un linge dans mon lit vide ; je n'arrivais point à bouger et peinais à respirer quand soudain, j'entendis le monstre jouir si intensément que l'on aurait dit qu'il avait assouvi un plaisir que seuls les Dieux connaissent. Et tel était le cas puisque j'entendis le monstre soulager sa vessie pendant presque trois minutes… Trois minutes ! Vous entendez ?!

« *Plip, plip, plip, plip, plip…* ».

Ce fut une drôle de scène, je dois l'admettre. Mais quand bien même cet énergumène n'avait pas d'intention malveillante, la courtoisie nous apprend qu'il faut sonner chez quelqu'un avant d'emprunter ses toilettes. Toujours est-il que, blotti dans mon lit, la mâchoire serrée, les lèvres pendantes et les dents tremblantes, j'écoutais ce brouhaha dans mon mutisme. Nous aurions dit une bête sauvage et j'estime qu'ici l'adjectif « sauvage » est un sublime euphémisme… Cet ogre grognait et je l'entendis, par suite, sortir se réfugier dans la cuisine ; sans doute voulait-il un morceau de viande à se mettre sous la dent. L'exorbitance de ses rugissements, allant de la note la plus grave à la plus aiguë, était, avec du recul, particulièrement comique. Je n'osais toujours pas bouger, par peur qu'un de mes gestes lui signale ma présence. Au bout d'une heure d'attente, j'eus l'impression que la bête n'était plus là. Ne me demandez pas quelle démence m'est venue à l'esprit, mais c'est avec fierté que je vous annonce que j'ai pris mon courage à deux mains en sortant de mon cocon pour m'approcher de ce gorille. A nous deux, scélérat ! Qui es-tu pour rentrer chez moi comme cela ?!

C'est en entrouvrant la porte de la salle à manger que j'aperçus, non sans stupeur, le colosse : il était grand comme je l'imaginais, dépassant avec facilité les deux mètres cinquante (que l'on évite de dépasser si on ne souhaite pas des complications à la colonne vertébrale) et large d'épaule, dépassant le poids d'un buffle ; pourtant, ma peur n'était plus car son visage n'avait rien d'effrayant. Disons que ce titan me regardait avec de si grands yeux, reflétant son incompréhension, qu'on pouvait lire en lui, non pas de mauvaises intentions, mais sa stupidité d'ingénu, sa niaiserie intrinsèque. Il semblait aussi intelligent qu'une huître, mais pas plus qu'une palourde. Plus ses yeux s'agrandissaient, plus j'avais cette drôle d'impression d'avoir en face de moi un gros bébé dans un immense corps qui ne lui correspondait pas. Sa chevelure volumineuse teintée de jaune et de pellicules, sa peau grasse et sa bouche difforme dans laquelle les mouches aimeraient se réfugier, témoignaient d'un grand manque d'hygiène. J'en conclus donc que ce monstre n'était pas celui que je croyais être. Malheureusement, ce dernier ne s'exprimait qu'en onomatopées ; nous aurions dit qu'il ne savait pas user correctement de sa langue puisque celle-ci semblait rester scotchée au palais, ce qui ne permet de laisser échapper de ses cordes vocales qu'une bouillie de mots et de sonorités burlesques. Sincèrement, nous ne parlions pas la même langue, et je me demande même si d'autres sur cette planète parlait la sienne... Du galicien ? Non, non, non ; seul lui se comprenait.

Après un monologue de ma part, il décida de sortir de la pièce commune pour rentrer dans la fameuse chambre qui venait d'apparaître dans la journée. Quel comble ! Cet appart si sympathique allait très certainement devenir un enfer si celui-ci décidait de rester. Quel comble... Moi qui me croyais tranquille, avec cette drôle de surprise, je risquais d'être fort déçu, puisqu'il venait de chambouler mes plans, au risque même de détruire l'image magnifiée que je m'étais fait de l'Espagne... Il était beau l'Erasmus ! Ce fut à ce moment précis que je compris que la porte en bois aux notes de musique n'était autre que sa grotte. D'ailleurs, lorsque, du couloir, je le vis se plier en deux pour passer sous la porte afin d'atteindre sa paillasse, je me fis la réflexion suivante : comment un tel géant pouvait-il vivre dans une aussi riquiqui chambre ? Qu'importe, ce n'étaient pas mes oignons ! Et en parlant d'oignons, ce dernier sentait les échalotes… Ensuite, j'ai voulu vite retourner dans ma chambre avec comme objectif de conscientiser cet événement comme il se devait afin d'y trouver une solution.

Après un long temps de gamberge intensive, j'arrivai à la conclusion suivante : je venais d'officialiser ma rencontre avec mon nouveau colocataire. Ma propriétaire ne l'avait pas stipulé dans le contrat, mais que voulez-vous, je ne parlais pas bien espagnol, j'avais sans doute survolé certains mots ? Et de toute manière, les propriétaires sont rois (sans couronne) face aux misérables étudiants que nous sommes (sans fortune). Enfin bref, je l'entendis ronfler toute la nuit ; mes yeux sont demeurés fermés mais mes oreilles, mes satanées oreilles, sont restées grandes ouvertes afin que j'écoutasse de force ce concerto dissonant.

Le lendemain, ma fatigue fut si terrible qu'elle n'avait d'égal que ma colère envers ce gros bêta. Je tentais à nouveau d'établir le dialogue afin de savoir ses concrètes intentions, en vain, évidemment, puisqu'il ne me répondait qu'avec des : «

Gloup, glap, plip, blork… » sans aucun sens. Pour être honnête, même un ivrogne n'aurait pu envisager de le déchiffrer ; c'était à n'y rien comprendre. Ainsi, comme tout dimanche qui en vaut la peine, j'ai passé la suite de la journée dans ma chambre à procrastiner sagement. Mais le soir venu, quand mon ventre désirait assouvir sa fonction, je fus encore plus furieux ; en effet, lorsque je sortis de ma cabane magique pour la cuisine, je fus stupéfait de l'odeur nauséabonde qui régnait dans la pièce, des traces ignobles sur le sol et du liquide gluant que l'on retrouvait sur la table. Cela faisait à peine un jour que cette bête avait emménagé avec moi et il venait de saccager l'endroit, dévaliser le frigo, ainsi que toutes mes boîtes de provisions, arrachant les conserves de façon informelle, mais aussi en croquant dans les briques de lait. Cette chose était un glouton comme il en existe peu de nos jours. Ce morfal n'était pas humain, j'en avais le cœur net ! En conséquence, ce soir-là, je ne mangeai rien puisqu'il ne restait rien, si ce n'est le reste de chocolat que j'avais caché dans ma chambre, le seul lieu qui détenait le mérite d'être correctement propre. Tout cela était trop pour moi ! Je décidais donc de m'entretenir avec ma propriétaire, mais avant cela, il fallait que je nomme cette vile créature. J'ai décidé de l'appeler « *Roi* ».

Pourquoi un tel honneur m'objecterez-vous ? Et bien je vais vous répondre avec autant de sagesse que j'y mettrai de sarcasme : non pas qu'il soit le « *Roi* » des Hommes (puisqu'il n'en est évidemment pas un, cela va de soi ; ou alors il est le roi de son propre monde, là où il n'y a aucun disciples. Roi des moules à la rigueur ?) mais bien parce qu'il fallait trouver une appellation qui fasse effet sur le public ; j'estime de ce fait que l'appeler « *Roi* » est tout sauf un compliment, car s'il existe des rois avec couronne, lui était de ceux (avec les propriétaires exécrables envers leurs locataires) qui n'en avaient pas ! De surcroît, il fut si peu malin de sorte que cette bête fut bien trop primitive pour quémander un statut avec une si simple matérialité qu'est le diadème ; non, ce monstre, qui avait véritablement le cerveau vide et des massues en guise des dix doigts, lui, ne faisait pas dans le conventionnalisme puisque son seul centre d'intérêt fut de se goinfrer à en dormir d'épuisement… Vous m'avez compris, je l'ai prénommé « Roi » avec raison : celui-ci était plutôt, veuillez pardonner mon insolente vulgarité, le « *roi des cons* » et c'est déjà une belle fleur que de lui laisser cela !

Ensuite, quelle ne fut pas ma surprise quand j'ai reçu un message de ma propriétaire m'annonçant que cet appartement n'était en aucun cas une colocation. Je compris donc, un peu tard en effet, que ce vulgaire individu était un imposteur, enfin pire que cela, un opportuniste qui s'était installé dans mon château sans aucune légitimité directe. Ce « *Roi* » déchu n'avait pas sa place au sein de ma demeure. Que pouvais-je faire ? Ma force physique ne rivalisait probablement pas avec ce cafard immense alors je décidai de ne point jouer les aventuriers en reconnaissant les limites de mes forces…

Savez-vous ce que j'ai fait ? Je n'ai point bougé ! Voilà tout. Peu glorieux, je l'admets, mais il faut comprendre que la peur m'était revenue. De plus, j'entendais ce monstre faire des allers-retours de sa chambre à la cuisine. Son estomac, qui devait faire cinq fois le mien, hurlait de famine au point que mon lit en tremblait ; j'étais face à des gargouillements si terribles que j'avais l'intime impression que l'on ne pouvait les retrouver que dans le neuvième cercle de l'enfer… Ainsi, comme la nuit précédente, je restais caché sous ma couette à prier qu'il s'en aille sans faire d'histoire, mais savais bien au fond de moi que ce genre de dénouement n'arrivait que dans les fictions, et ici, il ne me semble pas qu'il s'agisse de fiction. Il grognait, hurlait, criait dans un langage ancien ou bien pas encore inventé. Ses rugissements occultes, dus sûrement au fait qu'il avait faim sans que rien puisse le rassasier chez moi, me faisaient penser à ceux d'un chien qui vient de perdre son maître à jamais. Enfin, quand sa crise lui passa et que je l'entendis ronfler, je décidai donc de jeter un coup d'œil dans la cuisine et quelle ne fut pas ma surprise (décidément, ma vie n'est plus faite que de cela) de voir que la table avait été grignotée sur les bords, le tabouret partiellement mangé et qu'il me manquait un certain nombre de couverts en tout genre du fait, à mon humble avis, qu'ils avaient, eux aussi, été gobés en guise de cerise sur le gâteau… Je lâchai un cri de terreur et me mis à courir dans ma chambre ; c'était toujours le seul endroit qui me paraissait agréable dans cette prison. Carnage ! Je ne sais pas combien de temps je suis resté éveillé dans cette panique, mais il me sembla que j'entendis les horribles ronflements pendant des mois ; pour dire, aujourd'hui encore, il m'arrive parfois, lorsque je ferme les yeux avant de rejoindre *Morphée*, d'entendre ces immondices qui m'empêchent tout voyage onirique agréable par suite… Sachez tout de même que j'ai réussi à trouver le sommeil ; l'épuisement mental et ma nuit blanche de la veille m'y ont grandement aidé. Toutefois, pendant la nuit, j'éprouvais de drôles de sensations. Je cauchemardais avec douleur à propos de l'usurpateur. Je sentais que l'extrémité de mes doigts chauffait sans pour autant en être persuadé. Mes muscles se contractaient et des sueurs brûlantes ou glaçantes, on ne sait rarement ce qui se passe dans un sommeil chaotique, des frissons me parcouraient le corps. J'ai le souvenir de m'être débarrassé de ma couette, de mon cocon protecteur, pour échapper à l'étouffement. Je gigotais fortement et décidais de m'apaiser, en étant partiellement conscient, en adoptant une position dangereuse puisque mon pied droit dépassait du lit ; et tout le monde apprend, dès l'âge du biberon, que laisser son pied de la sorte, c'est le laisser vulnérable aux monstres cachés sous ce même lit… Ce n'est qu'un détail. Toute ma sieste fut abominable ; je rêvais de choses atroces où *Roi* rentrait dans ma chambre et commençait à manger mes affaires. La belle affaire justement ! Ce Yéti n'allait jamais me laisser tranquille !

Le lundi matin, à mon réveil, j'étais trempé d'angoisses et ankylosé d'efforts. Tu parles d'une nuit réparatrice, celle-ci fut destructrice ! Encore dans la pénombre, je décidai de me lever pour uriner, mais quelle ne fut pas ma surprise (décidément…) de constater que la faïence des toilettes avait été rongée et que l'on y apercevait des traces de crocs ! Le *Migou* n'y avait pas été de main morte car même le pommeau de douche était handicapé ! Le pauvre pommeau de douche… Ce qui était bizarre, c'est que je n'entendais aucun bruit, pas même un grognement, plus même un ronflement. La bête serait-elle retournée dans son environnement naturel, sans dire mot ? Vous entendez ?! Il n'y a rien. Le monstre était parti durant la nuit, c'était certain ! J'en profitais donc pour faire ce que je n'osais pas faire avant, c'est-à-dire, examiner les ravages. C'était si gargantuesque qu'il me serait inutile de tout vous dépeindre ici tant les dégâts frôlaient l'inimaginable. Mon appartement était méconnaissable. Mais lorsque j'allumai enfin la lumière de ma chambre, je n'ai pu me retenir de hurler : tout avait été grignoté ! Ma lampe de chevet, mon miroir, mes vêtements, le ventilateur, tout ceci était dans un si sale état que je peinerais à vous transcrire. C'est seulement à ce moment-là que je me suis rappelé mes drôles de sensations durant mon sommeil… En observant mes mains, je ne vis rien d'anormal si ce n'est qu'elles étaient froides et particulièrement molles, comme si on venait de les tremper dans l'eau. J'étais rassuré ! J'avais toujours mes dix doigts ! C'est alors que je décidai de regarder mes pieds : rien d'étrange sur la gauche, tout bouge, tout fonctionne, tout est là ; cependant, je sentais de drôles de picotements sur le droit. Rien de bizarre. Je compte : un gros doigt de pied, un deuxième orteil, voilà le troisième, le quatrième est aussi au rendez-vous... Mais... Mais... Mais où est le cinquième ?! Je n'en croyais pas mes yeux, mon cinquième orteil, le plus petit n'était plus là ! Tout bonnement disparu ! On me l'avait mangé ! Gobé ! Cet horrible « *Roi* » avait profité de mon inconscience pour me le voler afin de se remplir la panse. Foutue vermine ! Je l'ai laissé dormir deux nuits dans mon chez-moi (plus par peur que charité...) et voilà ce que j'ai en échange ! Donnez-lui la main, et il vous prendra, non pas le bras, mais votre doigt de pied en guise de dessert ! La belle affaire ! Comment voulez-vous avancer dans la vie avec seulement neuf risibles orteils ? C'est un nombre impair qui plus est ! J'hallucinais complètement.

Enfin, trêve de ruminer ce triste souvenir. J'ai fait mon deuil dorénavant. Mon histoire se finit de la sorte puisque jamais plus je n'entendais parler de cet ogre royal... Je prie pour que la paix perdure ! Ainsi, comprenez pourquoi j'ai le cerveau si vide à seulement vingt ans ; en effet, je me demande parfois si ce « *Roi* » diabolique ne l'avait pas grignoté également... Qu'il me pique un orteil, c'est déjà beaucoup, alors s'il m'a pris mon cerveau aussi, c'en est fini de moi ! Enfin qu'importe, je suis heureux d'avoir posé cette histoire fantaisiste sur le papier. Elle me donne la sensation d'avoir mes dix doigts, la vigueur de ma jeunesse et le cerveau plein cette fois-ci ; il n'y a que mon encrier qui est vide, à moitié renversé. J'écris ces derniers mots avec émotion puisque je n'ai jamais osé raconter une folie pareille à mes proches par peur d'être considéré comme un fou, tout simplement… Aujourd'hui, je suis de retour en terre natale, au plein cœur de l'hexagone. Je n'arrive toujours pas à déterminer ce qui relève du rêve, de l'hyperbole, et de la réalité… On s'en fiche puisque le fait est qu'il me manquera, à jamais, un petit orteil ! Attendez. Effectivement, je n'… Qu'est-ce donc que ce brouhaha ? Je le reconnais ! Vous entendez ?! L'entendez-vous ?! Répondez !? Merde ! :

« *Plap, plap, plap, plap…*

Plip, plip, plip, plip, plip…

Gloup, glap, plip, blork… »

Aucun doute. Le « *Roi* » des abrutis, le colosse à la gourmandise inégalée, le titan à l'hygiène douteuse, le monstre inhumain à l'allure de géant, le Yéti répugnant… Cela ne peut être que lui ! Il grogne, il hurle, il crie famine ! Il est là, à nouveau, le colocataire ; le nuisible est de retour. Cela ne va pas se passer comme ça ! Ah ça non ! Pas cette fois-ci ! Pardonnez-moi, je dois m'arrêter d'écrire ces lignes ; ma table tremble comme mes mains ! Il faut que j'aille le voir ! J'ai une chose à lui dire mais surtout, j'ai un foutu doigt de pied à récupérer !

FIN.

NOUVELLE III

Flexbous

Il fut un temps où j'étais comme vous. Dieu seul sait à quel point j'aimerais retourner dans cette phase d'inconscience où les rayons de soleil se transformaient en moment de bonheur. Malheureusement, tout est devenu gris à cause d'une chose verte. Depuis, je ne suis plus comme vous. Et désormais, je ne le serai plus jamais. Qu'ai-je fait pour mériter cela ? Moi ? Oh pauvre de moi !

Le 10 novembre sera à jamais gravé sur les lignes de ma main. Ce jours-là, j'effectuais un voyage d'affaires des plus sérieux, des plus remarquables et des plus remarquablement pertinents pour ma carrière ; en outre, le genre de voyage qu'il ne faut point louper, d'autant plus quand on s'appelle Enzo, si l'on souhaite empocher le gros gros lot. Je me situais à *Tarbes*, ville de *Gautier*, et souhaitais me diriger à *Valence*, ville de la sainte relique. Autant vous dire que je me hâtais d'arriver. Malheureusement, les sentiers sont assez mal desservis entre ces villes et ne souhaitant pas faire face à quelques fripons voulant me piller ma bourse à la frontière, je décidai donc de choisir une compagnie des plus réputées : *Flexbous industrie*. Je connaissais de loin ces bus verts, et de nombreux « *on dit* » peu fameux m'ont fait longuement hésiter à choisir ces derniers. Tout compte fait, il n'y avait qu'eux qui proposaient un tel trajet et quand le monopole de l'offre est aux commandes, la demande, que je suis, ne peut que se plier face à cette force invisible. Va pour un *Flexbous* ! Ce sont les lois du marché après tout.

Il était 18h25 quand je vis le monstre verdâtre arriver ; une heure de retard… Il est vrai que ce fut un soulagement dans la mesure où il n'y avait même pas d'écrans d'affichage signalant sa présence ou son absence. Qui plus est, j'étais seul à attendre dans le froid, grelottant et mouillé par la pluie diluvienne que nous propose l'hiver de 2023. La bête s'arrêta prêt de moi alors je m'adressai au chauffeur de façon courtoise afin de confirmer mes certitudes tremblantes s'il s'agissait du bon ; mais ce dernier me répondit dans un dialecte lointain. Aïe, ça commence mal… Le vieux monsieur au volant semblait en rogne, me dévisagea avant de crier des sonorités exotiques (de ce fait incompréhensibles mais cela me sembla, au vu des consonances violentes, s'apparenter à des insultes). Enfin, ma valise fut déposée et mes fesses, correctement installées à côté d'un drôle de monsieur. Le moteur rugissait et en route *maestro* !

Il ne me fallut pas bien longtemps avant de devenir rouge de colère. Le quidam à ma droite usait de son téléphone sans écouteurs, laissant ainsi le déplaisir à l'entièreté des voyageurs d'écouter sa musique dissonante. Belle enflure ! J'ai encore le rythme de ces ignobles chansons dans la tête ! Un refrain à base de :

« *Pop pop pap* » et « *pip pip pops* ».

Horrible ! La malédiction de ma vie a fait de moi un être qui, quand il est enquiquiné, se tait dans l'ombre, n'ayant comme force, dans ces situations troublantes, que la fausse patience et le regard ténébreux… Malheur ! Pauvre de moi qui suis trop bien élevé ! Enfin, pour couronner le tout, je ne pouvais être correctement installé car, du fait de ma grande taille, mes genoux touchaient le siège de devant qui fut lui-même, reculé à son paroxysme. J'avais beau demander gentiment à la personne concernée de s'avancer afin de me libérer quelques peines (c'est une écharde de moins tout de même, donc non négligeable…) mais faire semblant de dormir lui a semblé plus pragmatique. Enflure ! Le trajet commençait très mal. Et comme si cela n'était pas assez, le mouvement ressenti de notre déplacement s'apparentait à celui d'une couleuvre sur les petites routes, ce qui me provoqua, sans aucun étonnement, un épouvantable mal de ventre. Je subis et devrais encore subir. Ce fut ainsi et c'est une loi du marché...

Une grosse heure s'étant écoulée quand je décidai enfin d'assouvir ce que je désirais depuis, déjà, cette grosse heure, c'est-à-dire me soulager la vessie dans les toilettes du bus. Conscient qu'il ne s'agirait pas d'un espace agréable, je fus tout de même choqué de l'état d'un tel lieu. J'ai rarement vu une chose aussi répugnante. Je ne vous le décrirais pas par peur d'être rattrapé par la censure alors imaginez-le, et dites-vous bien que votre création mentale ne sera jamais aussi ignoble que ce que j'avais sous les yeux… Désastre ! Pauvre de moi…

J'étais persuadé que l'épreuve tumultueuse du pipi venait de prouver aux yeux du monde mon hardiesse ; se dire cela était un moyen de me rassurer tout en m'auto-persuadant que j'avais fait vertu d'un courage suprême en survivant à l'odeur nauséabonde de cette cabine… De nouveau à ma place, je sortis mon gros pavé de littérature russe fraîchement acquis ; malheureusement, ma délectation ne dura pas bien longtemps… Je ne lisais qu'à travers les lignes de mon livre alors qu'il est conseillé de lire en profondeur pour toucher la puissance exquise des mots : chose impossible puisqu'un autre sens que ma vue venait d'être titillé amèrement. Outre l'odeur de ce que je croyais être de la transpiration, de la condensation de l'air et du renfermé, une odeur de chips au vinaigre vint me gratter le nez. Ayant l'olfactif sensible, ce fut un détail si important à mes yeux que toute autre activité se déclarait dorénavant impossible. Ainsi, une fois le coupable repéré, la cible dans mon viseur, je n'avais d'autres pouvoirs (car ma bonne éducation faisait guise de frein à mes pulsions) que de lancer des regards noirs à cette personne ; en contrepartie de ce modeste geste de ma part, l'individu sans cœur me regardait avec un sourire en accentuant ses bruits de bouche. En colère ? Ah oui je l'étais ! Enflure ! Une belle même ! Mon voisin, quant à lui, continuait de laisser crier son portable. En conséquence, je décidai par dépit, en acceptant la défaite salée de mon impuissance, de déposer mon bouquin dans mon sac. Pas de

Tolstoï ce soir ; tant pis. La route est encore longue. Mon Dieu ! Pauvre de moi !

Après un certain temps de résignation qui me permit une courte somnolence, mon nez fut à nouveau aguiché. Pour précision, une autre malédiction de ma personne est que lorsque j'ai un sens endormi, en l'occurrence les yeux, j'en ai toujours un autre éveillé, ici notamment, mon nez. Qu'importe. Je connaissais cette odeur ? Non ? Je n'arrivais pas à poser un nom sur la chose. Mmmhhhh… Tant pis. En me retournant, j'aperçus de la vapeur s'élever au plafond qui n'était pas bien haut. C'était une sorte de gaz visible, comme si des flammes s'amusaient à cracher leurs fumées. Décidément, je me rapproche chaque fois plus de l'enfer… Le *Flexbous* est plus que jamais une allégorie de la barque de *Charon*… Pauvre de moi ! Les gens commençaient à s'agiter et je dois le dire, cela me rassura ; effectivement, ceci témoignait tout de même que je ne suis point fou (certes) et que ce bus fut composé, vraisemblablement, d'humains (choses à laquelle je commençais à douter). Des voix s'élevèrent et je compris que cette odeur n'était autre qu'une symbiose entre du tabac et de la *marijuana*. C'était trop ! Quelqu'un fumait dans les toilettes ! Ce n'est pas un bobard puisqu'on vit tous l'assassin se retirer en douce de la zone de crime pour mieux se rassoir comme si de rien n'était. En quelques secondes, une alarme incendie se mit à retentir ; les tympans étaient brisés et le délit connu du grand public ! Ce moment me parut une éternité jusqu'à ce que le chauffeur en personne se leva de son trône ; le chef conducteur prit une voix grave afin de commencer un discours moraliste (toujours dans une langue inconnue) afin que l'on dénonce celui qui a déclenché ce raffut préjudiciable. Silence dans le bus après ce brouhaha. Tout le monde craignait l'assassin et des représailles alors le mutisme fut la solution. Il faut avouer que la tête du coupable était aussi une tête de méchant. Et on ne joue pas avec les méchants... Tant pis ! Le *Flexbous* repartit une dizaine de minutes plus tard. Effrayante anecdote, il est vrai, mais j'étais encore loin de me douter que mon cauchemar ne faisait que commencer... Pauvre de moi.

Le voyage durait plus de quinze heures dans mes souvenirs, alors autant vous dire qu'avec quinze heures, dans un espace aussi petit, tout est possible : la légende raconte même qu'avec cette compagnie, on peut partir célibataire et revenir fiancé... Ce n'est qu'une légende ! La nuit était tombée ; la pluie ne s'était toujours pas calmée. Je regardais cette tranquillité homogène et j'avais espoir en cette continuité apaisante. Un détail est à notifier : la fenêtre du toit était fissurée et la pauvre mamie devant moi se cachait sous son manteau pour s'épargner une douche non consentie. Elle aurait payé cher ce jour-là, me suis-je dit, pour un simple parapluie ! Jusqu'au double, voire au triple du prix initial ! Monopole de l'offre, encore… Oublions. Les lumières éteintes, seuls certains réfractaires utilisaient encore leurs téléphones. Cela fait du bien, un peu de sérénité après le déluge, bien qu'on dît également qu'après le calme se fermente une époustouflante tempête.

Le bus s'arrêta (chose qui n'était pas stipulée sur le billet, évidemment) alors même que j'arrivai enfin à m'endormir ; nous étions au milieu de nulle part, dans une plateforme internationale et on nous demanda de changer de bus. Etrange, mais si ce n'est que ça, je suis prêt à tout ! Aussitôt dit, aussitôt fait ! Le regard trouble à cause de ma fatigue, j'avais tout de même réussi à trouver le bon *Flexbous* qui m'emmènerait à Valence. Je n'avais d'ailleurs qu'une hâte : c'était d'y être afin de goûter le plaisir ibérique, ou tout simplement, le plaisir de revivre parmi les humains ! L'espoir d'arriver à bon port me permettait de m'accrocher dans ce rude périple aux mille surprises. De nouveaux visages s'élevaient dans la pénombre de ce nouveau moyen de locomotion (enfin nouveau même si ce vert radioactif commençait à m'être connu puisqu'il existe des centaines de millions de *Flexbous* en ce genre…). La bonne nouvelle était que ma place fut plus avantageuse : je me trouvais dorénavant à côté d'un charmant jeune homme dénommé *Milo Charpentier*, un Toulousain biologiste qui me permit de dédramatiser ma condition ainsi que de faire passer le temps plus vite en papillonnant sur nos vies réciproque. Nous étions situés juste au-dessus des toilettes de ce bus, les sièges étaient toujours aussi petits et inconfortables mais cet endroit stratégique nous offrait tout de même la possibilité nouvelle d'exercer des positions complexes, je dirais même expérimental en termes d'acrobaties, pour dormir ; notamment en passant nos pieds par-dessus la barrière métallique. Des micro-siestes se succédaient sans jamais rassasier ma fatigue structurelle ; nous étouffions dans cet environnement morbide. Soudain, mon nez, déjà aiguisé par l'ancien bus, se réveilla pour m'alerter qu'une chose anormale se produisait. J'enlevais mes écouteurs sans batterie qui me servaient de casque anti bruit peu performant, afin de comprendre la situation. L'odeur était piquante et acide. Je descendis mes yeux vers le bas, là où se situaient les toilettes et vit un octogénaire suspect, tourné vers la porte des toilettes. Ce dernier, dissimulé par la nuit, était blotti contre la porte. Je compris rapidement ce qu'il se passait et prévint mon cher *Milo* pour en rire, car si je ne le faisais pas, j'aurais sûrement pleuré, ou alors crié d'énervement. Le vieux papi urinait contre la porte, à nos pieds, juste devant les toilettes ; quel comble d'avoir une cuvette à un mètre de soi mais d'assouvir son besoin primaire, là, juste devant nous, sur la moquette… Oh que c'est trivial ! Enflure ! Un bus d'enflures ! C'est cela ! Après avoir grondé ce grand monsieur au comportement de bébé, je continuai mes siestes. Je n'en revenais pas.

Mon nez, toujours les yeux fermés, se réveilla quelques minutes plus tard. Du sucre ? Du jus de raisin ? Non, ce fut autre chose… De la sangria ! Je ne suis pas fou ! Ça sent la sangria ! Ou du vin rouge bien fruité ! Les enflures auront ma peau ! Enervé, je me redressai sur mon siège et cherchai l'épicentre de la chose. Force est de constater que ce fut rapide à dénicher : le sol était rouge, à la limite du magenta. Ça empestait l'alcool dans tout le bus. Par terre, à ma gauche, autrement dit dans le couloir principal, gisait une flaque de liquide qu'on aurait pu confondre avec une mare de sang. Mon sac en était trempé. Qui est l'enflure qui fit prendre un bain à mon charmant compagnon de voyage ?! Voici ce que j'ai crié très fort (dans ma tête car je ne détenais toujours pas le courage de le faire pour de vrai). Pauvre de moi ! Fort heureusement, les gens commençaient à s'agiter de la situation et le bus s'arrêta, à nouveau, sur le bord de l'autoroute. Le chauffeur enragé, un autre monsieur qui ne parlait toujours pas ma langue, provoqua le coupable à haute voix. De ce fait, ce même coupable, très certainement alcoolisé par cette boisson qui ne fut pas que renversée sur le sol, au vu de son nez et de sa voix, se mit en colère ; il était de ceux peu malins qui envisageaient l'ego violent probablement plus important que la sanction derrière l'acte, ainsi, il répondit avec fierté des choses du genre :

« *C'est quoi ton problème vieux con !* ».

La scène était lunaire, notre chauffeur de *Flexbous* retroussa sa manche et fit un doigt d'honneur à l'agitateur peu sobre. Ce dernier se mit debout, s'avança en marchant dans sa propre boisson pour saisir le col de la chemise du chef de ce bus. La bagarre éclata dans cet espace restreint, n'épargnant pas les coups de coudes involontaires aux gens avoisinants. Pour dire, je me suis pris un coup qui m'a valu un bleu d'une semaine. Enflure ! Les enflures ! Le coupable esquiva les gestes mous de son adversaire âgé pour lui rétorquer une droite puissante qui l'assomma. Mon Dieu, nous n'avions plus de chauffeur ! Enfin si, il était là, bien en vie, mais dans un sale état, gisant sur le sol rougeâtre… Pas de panique, ce n'est que de la sangria !

Toujours arrêtés sur le bord de la route, nous attendions sagement la police pour qu'elle effectue son travail. Le bandit s'était assis à sa place initiale et imposait, malgré lui, un silence de terreur. Le coupable semblait apaisé, l'alcool le détendait (il s'agit de mon hypothèse) et comme si ce n'était pas assez, il s'ouvrit une canette surprenante qui ne s'apparentait pas à un vulgaire thé glacé… Ce genre de chose n'arrive qu'à moi… Pauvre de moi ! En effet, la peur était tangible, la pression, palpable et la sangria ruisselait toujours entre nos sièges… Quel enfer ! Mon Dieu, quel enfer !

Quand les policiers arrivèrent sur les lieux, le silence soviétique régnait encore ; ils embarquèrent sans accrochement l'individu turbulent. Mais problème ! Nous n'avions plus de chauffeur puisque ce dernier se faisait transporter aux urgences ! Nous étions bloqués au milieu de nulle part et la police n'avait pas réglé ce problème. C'est alors que notre ami toulousain, mon *Milo Charpentier* se leva en faisant un grand *speech* en anglais pour que tous comprennent son message. Le bus se transformait en une grosse assemblée démocratique et au bout d'une vingtaine de minutes, nous décidâmes ensemble que *Milo* allait prendre les commandes pour nous emmener à Valence. Absurdisme et folie ! Un biologiste reconverti le temps d'une soirée en pilote de *Flexbous* ! J'aurai tout vu ! Pauvre de moi ! Ainsi, je me déplaçais à ses côtés pour l'aider dans la direction à suivre. Après quelques recherches de tutoriel sur comment conduire un bus, le moteur ronronna à nouveau. Nous avions un retard gargantuesque mais qu'importe, je voulais vraiment arriver en Espagne le plus vite possible. Je fus surpris de constater l'excellence de mon ami aux manettes de ce monstre vert ; nous aurions dit qu'il avait pratiqué ce métier dans une autre vie :

« *C'est grâce aux tracteurs l'ami ! Mon père est paysan, bien pratique dans ce monde d'avoir un père paysan ! Hein dit l'ami !* » me dit-il pour se justifier de cette prouesse.

Qu'importe, nous étions à nouveau dans l'aventure. Mon périple, égalant l'épopée homérique *d'Ulysse*, continuait !

Toutefois, il fut temps pour moi de profiter de ma place de VIP pour dormir convenablement. Je l'ai bien mérité ! Au dodo.

Je sursautais brusquement de mon siège lorsque *Milo* s'écria « *Arrivé ! Nous y voilà !* » ; j'étais stupéfait de la rapidité du trajet, je n'ai même pas eu le temps d'apercevoir la douane à la frontière. Il est probable que les restrictions soient plus laxistes de nos jours. J'étais heureux de sortir enfin de ce cauchemar éveillé. En descendant du *Flexbous* pour récupérer ma valise, je fis adieu à mon compagnon de voyage en le remerciant pour son audace. Nous échangeâmes nos numéros afin de se remémorer ce trajet atypique dans quelques années. Les gens circulaient à droite, à gauche, et la masse homogène se disloquait petit à petit. Enfin seul devant la gare routière, je fus surpris de l'allure de la ville. En continuant de vagabonder, je ne reconnaissais pas la ville tant sublimée par les cartes postales. Soudain, une terreur saisissait mon corps : en face de moi se trouvait des panneaux publicitaires. Eh bien quoi ? Laissez-moi le temps de vous expliquer ! Ces panneaux-là n'étaient pas comme les autres, mais pourquoi ? Pourquoi ? Pourquoi ? Pourquoi ? Car ils étaient écrits en français, voilà, voilà, voilà et l'ordre naturel des choses voudraient que cela soit écrit dans la langue de *Cervantes*. Oui. Je venais de comprendre. Malheur. Je ne me situais, non pas à *Valencia*, dans cette ville formidable réputée pour sa paëlla et la *fête des Fallas*… Non. A la place de ça, j'étais dans la commune de *Valence*, en France, dans le Drôme… Putain ! PUTAIN ! Cela n'arrive qu'à moi. Oh pauvre de moi ! Pas *d'Espagnols* ici, seulement des *Valentinois* ; tous aussi français que moi… D'épuisement je jetai ma valise par terre et m'exclamai dans la ville fraîchement réveillée par le soleil :

« *Si jamais vous voulez voyager et goûter l'exotisme des saveurs par le nez, ne payez pas un avion, mais prenez un Flexbous ! Croyez-moi ! Avec vingt euros, vous pourrez vivre une aventure immersive aux mille odeurs ! Cependant, n'envisagez pas d'arriver à votre destination ! Il n'y a pas d'aventures si l'on sait déjà où l'on va ! Pas besoin de partir en voyage si le trajet en lui-même constitue un périple avec des souvenirs qui ne pourront être égalés ! Ma conclusion est la suivante :* **au diable les « Pop pop pap » et « pip pip pops » ; Au diable les Flexbous ! La prochaine fois, j'irais à dos de cheval ! Moi ? Pauvre de moi ! Pauvre de moi…** ».

FIN.

NOUVELLE IV

La tyrannie de l'esclave

Quand on impose une chose, on le fait avec force, ou bien, on ne le fait point du tout. Sinon, c'est la défaite assurée. Et qui souhaite *l'erreur, l'échec et la défaite* ? Sûrement pas nous ! Le monde est force et sa coercition se ressent dès notre naissance : on entre au monde en pleurant, on risque de pleurer de nombreuses fois durant notre vie et d'ailleurs, il est très probable que l'on y sortira de la même manière. Vieillard et grincheux devant la tombe, on chouinera comme un gros bébé. Ne vous en déplaise. C'est tragique, mais c'est ainsi. Le pouvoir de l'homme est qu'entre-temps, durant les 80 années probables parmi les mortels, il détient le pouvoir d'en rire. Qu'est-ce que cela veut dire alors ? Cela signifie, tragiques imbéciles que nous sommes, qu'il vaut mieux en rire qu'en pleurer. Dans toutes les situations. Rire, rire,

rire. Alors, rions de ce destin funeste, pour montrer à la vie qu'elle a tort : qu'elle est bien plus belle qu'elle-même ne le croit !

On me nomme *Labrunie*, pour des raisons très simples, trop évidentes qui plus est, que je suis brun et ancien laboureur. On m'acheta à un prix dérisoire, il y a cela un an. Un vieux magistrat, un certain *Crapitaux*, fit bonté de quelques pièces d'or en croyant avoir fait une bonne affaire au vu de ma musculature. Malheureux, il n'a pas misé sur le bon étalon. Moi, fataliste à mon habitude, je ruminais mon sort dans mes pensées, mais cette récente situation, avec le recul que je détiens actuellement, me rendit rapidement plus heureux que je ne l'avais jamais été. N'avez-vous jamais rêvé de faire ce qui est illégal (dans la mesure de la Raison) en toute impunité, voir, dans une légalité informelle ? Changer le *statu quo* en un claquement de doigt, faisant de vous le patron et de votre patron, le simple salarié ? Je n'attends pas de réponse de votre part, hypocrites mortels, mais bien que vous lisiez mon histoire qui vient surpasser la calamité pour la métamorphoser en quintessence de jovialité. Oui, je suis esclave ; un grand malin qui aime se frotter aux limites du possible, aux extrémités de sa condition, de sa carapace. Oui, je suis esclave, mais mon âme est insoumise et ne détient d'autre maître que mon cœur. Alors, même si aux yeux des lois en vigueur, j'étais la possession de quelqu'un, je faisais l'expérience d'une immense plasticité dans mes déplacements. J'étais, en somme, un esclave libertaire.

Comment cela est-il possible ? Eh bien parce que mon cher *Crapitaux*, dont j'avais la tâche extrême de prendre soin, se mourait ; son être reculait en mesure que l'anéantissement venait le chercher. Il n'allait pas tarder à redevenir l'enfant pleurnichard qui a vu ses poumons souffrir lorsqu'ils ont touché l'air de la Terre. Ce vieux bougre au visage ridé, à la barbe en bataille et au nez crochu, détestait le monde. Et j'ai eu le malheur de faire partie de ce même monde… Pendant une longue période, il me méprisait, me haïssait de toutes ses forces et sans langue de bois, m'insultant sans jamais m'avoir réellement regardé. Pour ma gouverne, je ne le détestais pas concrètement. Ma relation était plus compliquée, mais également plus simpliste : je savais pertinemment qu'il avait grandi du mauvais côté, et que son passéisme indéracinable l'empêchait de se poser les bonnes questions. C'était un vaurien, pas de doute là dessus, je ne le défends pas de la sorte, mais disons que *Crapitaux* était devenu une crapule qui capitule face à la complexité ; que l'on l'avait fait crapule dès les premiers pleurs, les premiers mots, dès minot, et qu'il était maintenant trop tard, à moins que l'on inverse miraculeusement l'aiguille de la pendule, pour le changer. J'aurais pu, comme tout bon aliéné qui se respecte, le mépriser jusqu'à prendre les armes, le haïr comme une bête noire, mais ce n'est pas ce que je fis. Je dois par ailleurs faire remarquer que mon *Crapitaux* n'avait plus rien d'un grand colon, bien que son âme fut noircie par ses idées d'antan ; non, ce *Crapitaux* n'était même plus un magistrat de renom, c'était simplement un vieillard qui s'éteignait dans un silence omnipotent. Il était profondément malade, mais cela, il ne me l'avoua jamais, par peur que sa légitimité soit encore plus risible qu'elle ne l'était déjà. Ainsi, c'est avec pitié et humour que j'envisageai ce personnage grincheux. Mon souverain était faible. Mal voyant, presque sourd, presque tétraplégique : *Crapitaux* se voulait être encore un maître de fer, en chair et en os, mais en vérité et dans l'Idée, c'était lui l'esclave en carton !

Regardez alors pourquoi je ne pouvais tomber sur un meilleur souverain que ce vieux crouton, cet énergumène tremblant qui ne détenait plus, depuis bien des années, la force de me mettre un coup de bâton. C'est ainsi que j'effectuais, en bon soumis qui y consent, les besognes ingrates qu'il me confiait. Mais si ce n'était que cela, je n'en ferais pas tout un fromage… Il s'avère que notre relation était bien spéciale, que la nuance installée entre le puissant et l'impuissant s'achevait de jours en jours et me permettait d'envisager quelques libertés excentriques dans mes obligations. Il y a des âges où l'on ne devrait plus se permettre de se croire lion de la savane, car malheureusement, quand on n'a plus que l'argent pour se légitimer, il y a un léger problème dans la répression. Comme je le disais, quand on impose une chose, on le fait avec force, ou bien, on ne le fait point du tout.

De cette manière, ce vieux juriste d'une époque archaïque où la justice se jouait à pile ou face, me donnait des ordres, sans cesse, avec sévérité, mais sans aucun châtiment. Non pas qu'il ne voulait pas me donner de leçon après chacune de mes fautes, mais ce dernier ne le pouvait plus au vu des raisons déjà énumérées et qui, je l'espère, vous paraissent évidentes. La légitimité d'un maître se doit d'être apparente et dans le cas présent, il ne s'agit plus que de plaisanterie. On n'est fort que parce qu'il existe un faible, et on est esclave que s'il existe un maître… Toutefois, méfiez-vous du temps qui vous fait pencher la tête en direction du sol ; exerçant pression sur vos épaules, car c'est à cause, ou grâce à lui, que les cartes sont régulièrement rebattues.

J'en conclus que je suis un esclave chanceux, ce qui est presque paradoxal à dire… Sachez aussi que l'opprimé a toujours un moyen d'action, probablement minime, certes, mais ce petit détail lui permet de garder l'espoir, la tête moins écrasée, un peu plus haute et un peu plus loin du sol. De ce fait, ces morceaux d'espoirs sont les seules choses qui restent quand on n'a plus rien ; et croyez-moi, c'est déjà beaucoup ! Pour rappel, il ne suffit que de deux silex pour déclencher un incendie titanesque.

Revenons à nos moutons, à mon tendre *Crapitaux* ! Nous vivions paisiblement en campagne, entourés de poussière, dans sa grande demeure. L'ennui était éléphantesque et ma soif de vivre, herculéenne, alors j'avais trouvé une alternative à mon malheur : j'entamais des jeux informels avec ce cupide qui me servait de gardien. Je ne vais pas vous faire un dessin, alors il va me falloir l'écrire, car je meurs d'envie de vous faire part de mes jeux préférés ; constater l'étendu de mon machiavélisme ! Qui l'eut cru ? Un esclave plus puissant que son maître ? Commençons avec mon premier exemple :

« *Labrunie ! Va faire ceci, ou va faire cela !* » criait-il, à multiples reprises, enfoncé dans son canapé devenu sa chrysalide.

La première fois, je faisais toujours exprès de ne point répondre ; la seconde, quand sa voix se cassait en deux sous l'effet de la colère, je lui répondais systématiquement, lorsque je n'étais pas à la portée de ses yeux fatigués, avec ma voix grave, presque érotique, en lui faisant croire qu'il s'agissait d'un écho de la pièce voisine :

« *Labrunie ! Va faire ceci, ou va faire cela !* » répétais-je tout bêtement, suivi d'un éclat de rire que je m'accordais en récompense.

Vous n'imaginez pas à quel point cela l'énervait. Ce vieux sourd mourrait avant l'heure, il explosait de l'intérieur. D'ailleurs, il avait beau se mettre en rogne, ce fossile bientôt fossilisé, en injuriant que je ne devais pas faire le perroquet, il finissait toujours par céder à mon mensonge qui consistait à le faire passer fou, et que cette « *seconde voix* » comme il disait, n'était finalement que la répercussion de la sienne sur les murs.

« *Veuillez prendre votre médicament, maître Crapitaux. Cela n'est point sérieux. Vous entendez des voix que je n'entends même pas. Oh la la la, mon pauvre maître... Que faire face à la démence d'un homme si vertueux ?! Le temps rend sage, mais il rend aussi fou. Le grand âge est vraiment une malédiction... Votre état me fait peur au point que je crains la folie... La folie... Mon pauvre maître... Oh la la la...* » disais-je avec une douce ironie qu'il ne percevait qu'à moitié.

À d'autres reprises, il m'arrivait de me cacher quand ce dernier me cherchait et lorsque j'apparaissais miraculeusement sous ses yeux au bout de dizaines de minutes, faisant face à ses insultes, je rétorquais :

« *Mais j'étais présent à vos côtés, depuis le début, mon bon monsieur ! Vous passiez devant moi sans même me voir. Oh la la la mon pauvre maître... J'ai si peur de vos égarements qui rongent votre sublime bonté... La folie, la folie, quelle tragédie ! Oh la la la... Que vous devez souffrir de votre déraison ! Mon pauvre maître... Mon pauvre maître...* »

C'était systématiquement le même refrain ; il savait que c'était moi, que je lui jouais des tours comme un magicien, que je profitais de sa situation à mon gré, mais ne détenait jamais les clés révélatrices pour affirmer ses soupçons. En outre, c'est l'esclave qui gagnait, donc c'était moi ; car sans preuve, pas de coupable. Et cela, mon vieux maître rempli de connaissances juridictionnelles ne le savait que trop bien. Mais une fois que vous avez pris goût à la malice, à ce genre de jeux pernicieux, vous devenez toujours plus ambitieux et mes farces n'étaient jamais assez transcendantes pour me rassasier. Le soir, je souriais en pensant à ce que j'allais faire le lendemain à ce vieux *Crapitaux*. Mais ne croyez surtout pas qu'il s'agisse purement de sadisme, ni d'une tâche facile qui plus est, car c'est avec la subtilité et les limites du raisonnable que je jouais : mes taquineries devaient être, ni trop violentes, ni trop molles, ni trop visibles, ni trop inaperçues. Et de toute manière, je ne voulais pas devenir un méchant ; de plus, mes actions n'étaient pas proportionnelles à la vie affreuse que je vivais en tant qu'esclave, chose qui rassurait ma bonne conscience d'être toujours du côté de la vertu… L'esclavagisme est une immondice, mais là n'est pas la question, car seul, on ne mènera jamais une révolution. Ainsi, avec mes moindres forces, je pouvais seulement me montrer fourbe et de ce fait, si je peux ne pas combattre l'atroce par de l'atroce, je peux néanmoins affronter l'atroce par le comique. L'esclavage et la mort, ce sont des sujets si sérieux qu'il vaut mieux en rire qu'en pleurer ! Rire, rire, rire.

Maintenant que j'ai fini ma justification, je vais vous faire part de quelques-uns de mes exploits, desquels je ne suis pas peu fier. Bien que la vieillesse de *Crapitaux* l'eût rendu demeuré, il arrivait des jours où il sortait de chez lui. Ces rares occasions annonçaient souvent une réunion familiale, ou bien l'arrivée prochaine d'opportunités économiques, en outre des affaires importantes à ses yeux. Pour un homme de son âge, sortir en dehors de sa propriété constituait une belle réussite, au moins semblable à un semi-marathon quand on a vingt ans. Ainsi, mon maître me sollicitait, toujours avec ingratitude, pour que je vienne l'habiller comme il se doit. Mais le pauvre bougre ne voyant pas mieux qu'une taupe et ce *talpidé* me laissait carte blanche quant à son accoutrement : erreur mon pauvre ami ! En conséquence, je l'habillais de façon formelle, pour que la supercherie ne soit pas flagrante et incohérente avec son statut, mais, et vous vous en doutez bien, j'y rajoutais ma touche artistique pour briser son uniformité morose. Par exemple, il est arrivé plusieurs fois où je remplaçais sa cravate grisâtre par un bout de tissu vert caca d'oie, rouge et vermeil ; parfois, je laissais ses poches de pantalon à l'extérieur et lui mettait son manteau à l'envers ; ou encore, et je crois qu'il s'agit de ma blague la plus réussie dans ce domaine, j'avais remplacé son chapeau melon favori par un chapeau haut de forme, arpenté d'une gigantesque plume de paon qui lui tombait dans le dos. Que c'était laid ! Ridicule ! Autant vous dire qu'il ne comprenait pas vraiment les regards intrigués de ses voisines (quand il arrivait à les percevoir, chose qui n'était pas gagnée…) ; le pauvre aurait hurlé de fureur s'il avait appris qu'on le dénommait, dans le quartier du moins, comme étant le *« papi-dandy »*, lui qui fut si attaché au traditionalisme de l'ancienne école. Effectivement, les individus coupables d'excentricité à cette époque puritaine étaient rapidement jugés, et il suffisait que notre *Crapitaux* sortit dehors avec des fleurs dans la barbe (chose qui m'avait demandé une précision monstre) pour qu'il s'attire les foudres des passants. Voyez comment le serviteur *Labrunie* que j'étais, pouvait transformer son roi despotique en un simple bouffon satyrique ! Qui a dit que j'étais un esclave impuissant ? Je ne vais pas en pleurer tout de même. Rire, rire, rire. Il n'y a que cela qui compte ici-bas.

Malheureusement, un jour où il était plus vif que d'habitude, je lui avais échangé sa chaussure droite avec celle de gauche ; la relique qu'est *Crapitaux* mit peu de temps à s'en rendre compte et me priva illico de repas pendant une journée. Enfin, c'est ce qu'il croyait, puisqu'en vérité, je pouvais me servir ; il était si sourd et si aveugle qu'il ne remarquait rien. Jamais. Il s'avait que je manigançais dans son dos, mais nous aurions dit que ce jeu s'était institutionnalisé dans notre relation, ainsi, nous aurions pu croire qu'il aimait me prendre la main dans le sac, bien que cela soit rarissime. J'étais jeune, rigoureux et vigoureux, lui, seulement un vieux pieux cloué au pieu. Sacré *Crapitaux* ! Au fond, j'exagère, il ne fut pas si mauvais…

Enfin, quand mes tâches étaient plus pratiques, notamment dans le jardin dans lequel j'étais devenu le berger de quelques courgettes et le maître, à mon tour, de quelques rosiers, je faisais marcher ma créativité. Je taillais les haies en forme phallique, dessinais dans la terre, je plantais des lilas où bon me semblait ; j'ai même accroché des livres, suspendus à un fil, dans les branches d'un arbre ! Quelle drôle d'idée, m'objecterez-vous, mais pas tant que ça en vérité. *Crapitaux* était tout de même quelqu'un d'érudit et il aimait dire que :

« Rien n'est plus important pour l'Homme que d'être le botaniste de son arbre à savoir ! ».

Il est probable que cet aphorisme me donna l'idée d'une telle installation. Voyez-vous, plus je continuai mes pitreries, plus mon insoutenable volonté me disait d'aller plus loin, vers des bouffonneries encore inconnues ; mais je n'osais, durant longtemps du moins, dépasser les limites que je m'étais infligé. Conséquemment, mon inclination pour les sommets l'emporta un jour de beau temps, et me fit faire mon plus beau tour de force, que dis-je, une performance digne des plus grands de ce monde dans le milieu du spectacle ! Il m'arrivait souvent de prendre soin de *Crapitaux* et le rituel voulait que, chaque premier dimanche du nouveau mois, je prenne soin de ses cheveux. Loin de moi l'idée d'être un bon coiffeur, néanmoins j'avais certaines bases, mais surtout, une excellente imagination. Une fois les ciseaux en main, je commençai mon œuvre. Mon patient, autoritaire et exigeant, se laissait faire passivement sans se douter du carnage que j'allais laisser derrière moi. Ayant les cheveux mi-longs et un grand début de calvitie, je décidai de lui faire de jolis trous, parfaitement circulaire dans des endroits aléatoires, un petit peu comme les tâches d'une coccinelle, tout en conservant de longues mèches. Le résultat était bien pire que ce que le commun des mortels appelle un « *désastre* » ; je venais de lui créer plusieurs calvities sur un seul crâne. Du jamais vu ! Le travail achevé, je me rendis compte que j'étais précurseur dans la persécution : c'était grandiose en terme de nouveauté ! Soit une réussite capillaire pour les surréalistes à l'esprit grand ouvert, soit un blasphème à la tradition pour les esprits rétrogrades ! Qu'importe. Surprenant ou choquant, une chose fut certaine : cela avait l'effet consensuel de ne laisser personne indifférent ! Vous voulez savoir ce qui est le plus fou dans cette affaire ? C'est dur à y croire, je le sais bien, mais vous devez me faire confiance : *Crapitaux* ne se rendit jamais compte de ce que je lui avais laissé sur la tête ! Mon maître était conscient qu'on le regardait de haut en bas à chaque sortie, mais ses yeux étaient si fatigués qu'il ne savait pas si la populace l'admirait ou bien le jugeait avec répugnance. Il ne manquait plus au « *papi-dandy* » du quartier que la canne, les mitaines et la teinture verte pour rejoindre *Baudelaire* et son cercle de maudits. *Crapitaux* n'avait plus rien de sérieux, si ce n'est le regard, car, quoi que l'on fasse, on ne travestit pas un regard ; quand il est sévère de nature, on ne pourra jamais l'adoucir. Rire rire rire. Pauvre *Crapitaux* !

Mes péripéties continuaient, mes jeux se diversifiaient, mais jamais je n'avais été aussi loin que ce jour-ci. Je me suis presque mis à regretter, car il n'y a rien de très glorieux à rire d'un infirme ; puis, je me suis souvenu qu'un maître, ça ne regrette jamais, ça ne culpabilise jamais, même quand ça a tort, alors pourquoi un malheureux esclave se mettrait-il à croire soudainement en la pitié ? Il m'arrivait d'avoir un cœur tendre même si *Crapitaux* ne le méritait pas vraiment.

Jusqu'à il y a peu, il était particulièrement ouvert avec moi, se laissant chaparder sans résister, se laissant embêter sans volonté d'y répondre. Moi, je savais ce qui changeait. Je voyais bien qu'il n'était plus comme au début. Quand on est esclave, on sait ce qui préoccupe notre maître et généralement, on évite qu'il y pense par peur des représailles. Voilà. La vieillesse lui croulait sur le dos et son dos d'ailleurs, au vu des cris endoloris poussés la nuit, lui provoquait d'abominables souffrances. Que voulez-vous que j'y fasse ? Je suis humain, trop humain, et mes farces n'ont plus aucune saveur sur un homme mourant. C'est mon constat.

Je cessai donc de l'enquiquiner pendant quelques jours. Pourtant, mon vieux *Crapitaux* me tendait le bâton, ou du moins, me lançait des signes subliminaux. Il enfilait son chapeau haut de forme, en faisant bien dépasser la plume ; mettait des nœuds papillons violets, rouges, jaunes sur son costume macabre ; mettait son soulier droit à son pied gauche… En outre, il était bien plus joueur que je ne le croyais, et j'étais beaucoup moins discret que je ne le pensais. Jamais nous n'abordâmes la question de mes farces dévoilées, mais je percevais dans son sourire moqueur, une certaine joie infantile qui criait silencieusement :

« *Continue, Labrunie. C'est par le rire que je me sens vivre ! Rire, rire, rire. C'est par le rire que je vais survivre ! Coquin, que je t'aime bien ! Vilain, jouons jusqu'à ma fin !* »

Pendant quelques semaines, nous ne nous amusions plus qu'à cela : j'effectuais des petites bêtises et il devait me démasquer, mais chacun devait le faire informellement sans jamais dire « *j'ai gagné !* ». Il fallait faire comprendre à l'autre que l'on avait réussi notre manège sans même ouvrir la bouche et c'était, de mon humble point de vue, le plus difficile dans l'exercice. Notre relation était apaisée, toujours teintée d'une autorité écrasante, certes, mais celle-ci flottait dans l'air, comme une menace qui n'aboutira jamais à un acte. J'avais l'intime impression qu'il découvrait toutes mes blagues, même les plus subtiles ; j'avais beau être créatif, je voyais bien que je perdais. Sauf ces lunettes de lecture, il ne le savait pas et cela, j'en étais persuadé : j'avais retiré les verres de ses lunettes rondes et ainsi, il lisait, avec la chose sur le nez, alors que, évidemment, cela n'a plus aucun intérêt sans verres grossissants… Que je fus amusé pendant cette période ! Et je crois que lui aussi, derrière son regard strident qui vous transperce les yeux. *Crapitaux* fut un maître déchu, rien de plus après tout.

Seulement voilà : sa santé déclinait à vitesse grand V alors que nous rentrions en hiver, et par chez nous, l'hiver est bien plus rude que par chez vous, soyez en certain. J'allumai un feu pour réchauffer le mollusque du canapé qui me l'ordonna quand soudain, il me parla avec une voix si douce que je crus à une tierce personne :

- Labrunie, Labrunie… Mon gentil petit.
- Oui, mon cher maître ? dis-je avec plus de stupeur que n'en aurait un sourd qui entend pour la première fois.
- Labrunie… Labrunie… Il faut que je t'avoue bien des choses ; des choses qui sont restées trop longtemps silencieuses. Tes jolies farces m'ont redonné vie, m'ont fait revivre des vingt ans que j'avais, à jamais, je le croyais, enfouis dans ma tombe.

L'ai-je creusé trop tôt ? Enfin, Labrunie, Labrunie… J'ai revécu dans tes yeux, et je fus le farceur que tu es. Labrunie, Labrunie… Tu n'es, depuis bien longtemps, pas mon… Enfin, tu n'es plus mon… Tu vois… De sorte que… Me comprends-tu ? Tu n'es en rien mon…

- Mon esclave monsieur ? Vous voulez dire mon esclave ?

- Oui, c'est cela. Labrunie, Labrunie… Vous êtes bien plus que cela, immensément plus qu'une propriété sur un papier administratif, n'en déplaise aux bureaucrates. Voyons, Labrunie… Je me suis rendu compte que j'étais bien moins libre que toi. Que j'étais mon propre maître, mais surtout, mon propre esclave. Il m'a fallu ravaler mon angoisse pour admettre cette lugubre destinée ; ravaler ma rage pour assumer cette triste vérité. Veux-tu savoir pourquoi je dis cela ?

- Ma joie est céleste face à tous ces mots mon maître. Je… Je ne le sais que trop bien mon cher maître… J'en pense mille fois plus que je n'en dis, de ce fait, en dis mille fois moins que ce que je n'en pense ; c'est bien regrettable que vous ne puissiez lire dans mon cœur, car vous y verriez à quel point je suis empli de gratitude envers votre personne (du moins après ces mots).

Je disais cela très confusément, ne sachant plus très bien ce qui relevait, au sein de mon discours, du sincère et de l'obséquiosité qu'obligent nos liens hiérarchiques. La situation était particulièrement énigmatique puisque l'on ne discernait plus très bien qui était quoi, quoi était qui, quoi était quoi et qui était qui. Ainsi, il me faut admettre, en dépit de cette fausse certitude que j'exerce d'habitude dans ces moments de tensions, que je ne savais plus très bien qui j'étais moi-même.

- Je me doute bien. Labrunie… Oh Labrunie. Tu es plus brillant que je ne le suis, ou que je l'ai été… Tu es sûrement plus libre que je ne le suis ou que je l'ai été… Esclave de mon travail, esclave de mon argent, esclave de mon entourage, esclave de mon monde ! Regarde-moi aujourd'hui, tout ridé, tout fatigué : je suis le larbin du Temps ! Oh malheureux ! À chacun ses chaînes ! Sans rancune, Labrunie, Labrunie, le vieux crapaud que je suis te salue ! J'ai écrit une lettre. Tu m'entends ? Une lettre ! Tu es libre, Labrunie ! Te voilà surpris ! Libre… Jusqu'à ce que ton corps régresse, à ton tour (chacun son tour !), et *in fine*, tu redeviendras un enfant qui pleure, suppliant sa maman !

Crapitaux pleurait. Pour dire vrai, il s'agissait de la seule et unique fois où j'ai vu de l'eau jaillir de ses yeux foudroyants ; la foudre était tombée, le tonnerre avait grondé, c'était à l'averse de prendre son pied dorénavant. Son visage semblait dire « *merci* » ; mais merci de quoi ? Qu'avais-je fait à ce vieillard ? L'avais-je torturé jusqu'à son dernier retranchement ? Ignoble que je suis ! Malédiction !

- Que dites-vous, monsieur, avez-vous perdu la tête ? bredouillai-je dans ma barbe. Je n'osais percuter son regard. Il me semble que je pleurais à ce stade de la conversation.
- Oh que non, je l'ai même retrouvée ! Plus aucune dent, certes, mais toute ma tête ! Demain, je m'en vais pour un long voyage. Un si long périple qu'il se pourrait bien qu'on ne se revoit que dans des dizaines et dizaines d'années. Plus tu me reverras tardivement, mieux tu te porteras ! Labrunie, Labrunie… Fidèle serviteur et escroc prodigieux ! Fantaisiste espiègle et machiavélique individu ! Il n'y en a pas deux comme toi ! Labrunie, Labrunie… Il est temps pour toi de t'aventurer dans le chemin sinueux du monde. Ton examen de liberté fut un succès, tu t'arrachas les menottes pour que je les vêtisse moi-même, sans m'en rendre compte ! De quelle

espèce de génie es-tu donc ? Il est temps pour moi de m'enfuir. Et nous…

On frappa la porte violemment et deux hommes entrèrent avec fracas sans attendre de réponses, comme s'il ne souhaitait pas l'accord de pénétrer en ses lieux, mais seulement témoigner de leurs présences légitimes. Sans poser de questions, je restai bouche bée devant ses personnages sinistres : nous aurions dit la *grande faucheuse* et *l'Ankou* en personne. Tout se passa très vite sans qu'aucun ne parle. En deux minutes à peine, je me retrouvais seul dans cette grande maison ; *Crapitaux* n'était plus ici, ils venaient de l'emporter par la peau des fesses ; peut-être n'était-il, déjà, plus de ce monde d'ailleurs.

Je ne savais pas quoi faire : quel esclave a l'habitude d'être seul, pire encore, quel esclave a l'habitude d'être préoccupé de l'absence de son maître ? Seul. Complètement seul. Que font les hommes libres quand ils sont seuls ? Ce n'est pas dans mes mœurs, je n'en savais rien. Qu'importe. En rentrant dans ma chambre, sur le lit, se trouvait une lettre maladroitement écrite. Voici ce que nous pouvions y lire :

« *J'aurai pu mourir seul, main dans la main avec Anubis. Mais grâce à toi, je ne crains plus notre mort certaine (elle n'échappe à personne ou qu'on me prouve le contraire !) et dorénavant, mon cœur est égal à la plume de Maât ; j'ai même (re)vécu une enfance sans affronter la Grande dévoreuse ! Tu l'imagines ? Moi, Crapitaux, l'homme qui accumula plus de péchés qu'un empereur, par ma simple inclination à l'avarice. Crapule et capital, voilà à quoi je tendais, ignorant que j'étais ! J'étais donc destiné à n'être que Crapitaux.*

Labrunie, au-delà d'être mon esclave, tu es mon ami. Cela fait bientôt six mois que tu n'es plus que cela d'ailleurs : un ami. Mon seul et unique ami. Notre rencontre m'a rendu mille fois plus heureux que je ne l'étais auparavant. Sais-tu à quel point tu as un cœur pur pour n'avoir point abusé de moi alors que tu le pouvais ? Un esclave si tendre avec son maître, c'est contre-nature. Et c'est grâce à l'exception que l'on change le monde ! J'ai tout vu, tout apprécié, tout revécu ! L'arbre du savoir (je ne suis pas aussi sourd et aveugle que tu ne le crois), quand tu te cachais derrière l'armoire, la coupe excentrique qui étonna l'ensemble de mon entourage, mes vêtements colorés, je savais même que quand je te punissais, tu allais te servir à manger... Alors, Labrunie, tu vas vivre, longtemps et librement ! Crois-moi ! Vois-tu cette maison ! Elle est à toi ! Ainsi que toutes mes économies ! Rien que pour toi, mon Labrunie… Oh Labrunie ! Sois heureux, n'en gâche pas une miette ; ne cesse jamais de garder l'enfant joueur qui est en toi, car crois-moi, en vieillissant, on redevient bébé jusqu'à que les pleurs nous annoncent notre trépas. Ne crois pas les pessimistes, redevenir l'enfant après une longue vie d'adulte est salutaire, voir nécessaire ; j'estime que c'est une bonne chose : une chose noble. Ainsi, il te faut vivre, et pleinement ! On se retrouvera, on se retrouvera. Bon courage. Il t'en faudra dans cette vie amère.

PS : *J'ai gagné. Entièrement gagné… Tes cachotteries ne sont pas bien cachotières pour être honnête. Il n'y a pas une seule de tes farces qui m'ait échappé, mon vieux… Pas une seule. Fripon de pacotille ! Ordure, que je t'envie ! Oh oui, que je t'aime, mon unique semblable, mon unique ami.*

Un homme que l'on surnommait Crapitaux, il fut un temps. »

Imaginez seulement ma réaction. Je tremblais des mains ; la lettre glissa même jusqu'au sol. Ce qu'il y avait de surprenant, c'était sa signature qui était fébrile, le C ressemblait davantage à un G d'ailleurs. Le papier, quant à lui, semblait humide : des larmes ? Je n'en sais rien, mais moi, oh que j'ai pleuré ! Sans regret, ordure de dictateur ! Despote protecteur ! Ami au grand cœur. J'étais ému et répétait ces mots en boucle :

« *Tout ça ? Pour moi ? Folie ? Folie ?* »

Oui. C'était de la folie ! *Crapitaux* était un fou ! Un vrai fou comme les vrais fous ! Mais une chose me mi en rogne : il n'avait pas gagné, pas entièrement en tout cas… Car jamais, il n'avait fait allusion à ses lunettes du soir, celles qui n'avaient pas de verre. Ma joie fut brève parce que, malheureusement, on ne peut pas cacher grand-chose aux vieux doyens de son espèce ; ils sont futés et ont eu une longue vie pour révéler les vérités. Ce n'est pas au vieux singe que l'on apprend à faire la grimace : on pouvait voir, en face de moi, sur ma propre table de chevet, les fameuses lunettes sans les verres. Juste en dessous se dissimulait un petit papier griffonné :

« **J'ai gagné ! Abruti de Labrunie, oh que tu vas me manquer ; mon amour, mon laquais !** ».

J'avais perdu. Mais c'est avec fierté que j'avouais ma défaite ; après tout, dans une affaire comme celle-ci, où un patrimoine faramineux était en jeu en échange d'une simple victoire, il n'y a aucun intérêt d'ériger l'honneur en valeur première.

« *Crapitaux*, vieux maître tyrannique, vieux crapaud, que je te hais ; *Crapitaux*, ami magnifique, que je t'aime. Si tu meurs, je te ferai revivre, puis je te tuerai. »

FIN.

NOUVELLE V

Le Golouth de Prague

Pas un chat, pas un pigeon, pas un rat sur le pont Charles. Il faisait bien beau tout de même ; moi qui croyais qu'à *Prague*, oh oui, *Prague, Prague, Prague,* il n'y avait que neige et vent.

Archibraldo, mon frère, mon aîné de trois ans, m'avait invité à découvrir la capitale tchèque. Il y vit depuis un certain temps, je ne sais guère combien d'ailleurs, car ici, le temps n'est point le même que par chez nous ; il m'avait dit qu'il y travaillait en tant que correspondant français dans un institut fort haut placé, une tâche administrative dans une instance bureaucratique en outre. Cela n'a guère d'importance ici, puisque je vais vous conter, aujourd'hui et seulement aujourd'hui (car il est préférable d'oublier cela de ma mémoire), une histoire si surréaliste que vous peinerez à me croire. N'essayez pas de discerner la fiction de la réalité au sein de mon récit, appréciez là néanmoins comme elle est : une simple vérité entre vous et moi.

La journée dessinait sa fin en assassinant le temps ; le soleil retournait dans son lit en n'oubliant pas d'asperger les statues sombres d'une douce lumière crépusculaire. Oh que c'était beau. Splendide pont Charles. Tout bonnement splendide, rarement vu une scène aussi kafkaïenne en vingt ans d'existence ; je ne m'en remettrai pas. Nous étions seuls à flâner de la sorte, puisque les touristes ne sont pas des flâneurs, seulement des êtres perdus qui cherchent ce que l'on leur a dit de chercher. De ce fait, les touristes n'étaient plus grand-chose, alors nous étions seuls sur ce foutu pont Charles. Plus on avançait, plus nous nous sentions observés. Un regard oppressant, sans centre, s'abattait sur nos personnes. L'atmosphère était lourde dans cet endroit magnifique, mais comme tout ce qui est beau est complexe dans sa simplicité, l'atmosphère portait, en conséquence, en son sein, un goût de danger rendant anxieux les flâneurs de notre espèce. Je crus voir un être de pierre s'animer, au loin. Apeuré par sa courbure et cette drôle d'impression, je me retournai vers *Archibraldo* qui me regardait d'un œil inquiet, validant, sans dire mot, mon constat :

« *Sens-tu que quelqu'un nous épie, mon frère ?* »

Il hocha fébrilement la tête, afin de montrer tout autant son inconfort que son assentiment. Derrière nous, il n'y avait rien, mais je fis deux fois demi-tours pour m'en assurer ; au second coup d'œil, je vis l'effroyable Château, perché comme un rapace regardant sa proie. Il n'observait pas les touristes qui le prenaient en photo ; non, ce Château-là aime les flâneurs, ceux à l'âme vagabonde qui ne sont pas là pour l'image. Et puis le soleil se cachait derrière cet immense monument, de sorte que l'on avait l'impression qu'*Apollon* aussi avait peur des hypothétiques ténèbres que ce Château renfermait. J'avais les pétoches, ah ça oui !

Enfin, cette atmosphère céleste et lumineuse ternissait pour laisser place à la nuit, aux ténèbres angoissantes, pour que cette demeure royale, en haut de sa colline, reprît des forces pour imposer son emprise. Était-ce le monument qui nous regardait ? Je n'en croyais rien. C'était plus petit, plus vivant ; un larbin du Château sans doute, une gargouille ou un griffon peut-être, un *Golem* à tout casser… Nous continuions d'avancer ; ce ressenti s'estompait à mesure que l'on sortait, mais je n'arrêtais pas de penser à sa force : ce Château n'a rien de commun. Oui, c'est cela. Il est une entité envoûtante, un symbole vivant, une beauté cruellement terrifiante. Ce fut mon estomac (et non mon frère pour une fois, lui qui est de nature bavarde) qui me sortit de ces songes : j'avais faim. On ne peut rien refuser à son bidon.

Nous remontions alors certaines rues afin d'y trouver un endroit où casser la croûte. Par chance, dans une rue où la lumière était de trop, semblait-il, nous aperçûmes un peu de clarté de lampadaires. Quelle joie d'apprendre qu'en ces lieux se trouvait un restaurant asiatique ; Dieu sait à quel point, dans cette famille, nous sommes friands de cette nourriture. Un héritage maternel sans aucun doute ! Ainsi, nous mangeâmes beaucoup et pour peu cher. Toutefois, cette impression d'être observé persistait, nous aurions même dit qu'elle s'était intensifiée, mais que cela disparaissait quand les serveurs venaient nous voir. Je crus halluciner quand l'un des serveurs, costaud et robuste comme c'est peu le cas dans le milieu de la restauration, me parut étrange : sans visage concret, avec une peau argileuse et terne. Je me sentis aussitôt pris au piège. C'était un sentiment difficilement explicable, comme quand une proie vulnérable sait qu'elle est dans la tanière d'un prédateur. Qu'importe. Nous sortîmes d'ici le ventre plein et le portefeuille un peu moins plein (c'était tout de même raisonnable, bien qu'il me soit encore difficile de comprendre les *couronnes tchèques* quand on n'a connu que l'euro).

À nouveau dans les rues praguoises, nous marchions sans réellement savoir où nous allions, d'autant plus que nous ne savions pas, du moins avec précision, où nous étions. Mon frère disait reconnaître le quartier juif de la ville, mais il n'en était rien ; il n'était pas un natif, seulement un flâneur. C'était un drôle d'arrondissement et d'ailleurs, cette ambiance transcendait cette appellation vulgaire : nous étions seuls dans cette zone *supernaturaliste*, au milieu d'un boulevard, persuadés qu'une chose, sans corps, ni substance, nous observait. J'avais les chocottes. Encore. Et pas qu'un peu. Heureusement que les vieux lampadaires éclairaient le chemin ; sinon, je ne serais surement pas en train d'écrire ce récit… Les sbires du Château rodent dans *Prague* une fois la nuit tombée, raconte-t-on. Peut-être me faisais-je des idées ; après tout, c'est une chose très courante, enfin, je veux dire, ce genre de choses, ce sont des réactions qui arrivent fréquemment, quand nous sommes confrontés à ce que l'on ne connaît pas, ce qui nous met dans un sentiment inconfortable par exemple. On craint et crie au terrible pour pas grand-chose, car on n'accepte plus le mystère, on souhaite tout savoir et le fait de ne pas avoir de réponse dévoile notre nature froussarde. Mais ce malheur est obsolète depuis que les téléphones existent. Ces derniers détruisent toute forme de mystère puisqu'en un clic, nous connaissons tout sur tout. Je crois et je crains que l'être humain soit trop bon élève sur ce point : ce dernier ne recherche que des causalités, des syllogismes, et dès qu'il s'égare d'un schéma logique ou logistique, il se laisse submerger par l'anxiété. Le *désenchantement du monde* dit-on ! Certainement faudrait-il remettre la croyance au goût du jour, ou bien laisser au fantastique davantage de place dans ce triste monde où la rationalité l'emporte sans même chercher à gagner. Oublions ce que je suis en train de dire et revenons à mon affaire.

Nous continuâmes de marcher tout en nous sentant espionnés. Il nous fallait prendre distance avec cette sensation perturbante et digérer notre repas dans un endroit calme ; ce vœu fut rapidement exaucé car, derrière une petite synagogue qui ne payait pas de mine au premier coup d'œil, se trouvait un joli parc. Il y avait trois bancs parfaitement symétriques et seul celui du milieu était occupé par deux jeunes hommes courbés, sombrement lumineux comme le plumage d'une corneille : l'un sur son téléphone, l'autre sur son bouquet de fleurs. Qu'elles étaient mignonnes ces gargouilles amoureuses, dans la pénombre. On entendait le bruit d'une fontaine qui glougloutait en arrière-plan. Eux, ils parlaient doucement en remuant les lèvres, tout en faisant attention de ne point bouger leurs corps (une statue, ça ne bouge point, n'est-ce pas ?). Nous les regardions un moment puis nous nous posâmes non loin d'eux. Un quart d'heure silencieux s'ensuivit. Chacun avait besoin de se recentrer sur ses pensées, et nous avions bien conscience que dans ce parc, c'étaient les griffons d'à côté qui avaient le plus de choses à se dire ; alors, on les laissa discuter naïvement, et nous écoutâmes sans comprendre mot. Un doux murmure tchèque dans cette nuit dure. On a plein de choses à dire quand on est amoureux, et bien peu d'idées quand on est apeurés comme nous l'étions. *Archibraldo* regardait les photos de la journée que nous avions prises avec son somptueux appareil qu'il avait reçu à Noël, et moi, je jouais à un jeu mobile afin de me faire disparaître quelques neurones. Il est bon parfois de s'abrutir. Le parc était très peu agité. Nous, nous étions de marbre et paradoxalement, ces gargouilles-là, juste à côté de nous, s'animaient grâce aux pouvoirs des sentiments ; on ne se rend pas bien à quel point la sensibilité peut donner vie à des statues de granit. Il me semble que l'un des messieurs nous fit un signe de tête lorsque nous partîmes, mais je n'en suis pas si sûr.

Nous tournions toujours dans le même quartier et à force de faire une spirale, nous arrivâmes devant un lieu plus lumineux que le reste. Malheureusement, je me sentais toujours perturbé par cette force invisible qui nous regardait ; qui était-elle ? Que voulait-elle ? Existait-elle ? L'insatisfaction de ne pas comprendre faisait que je m'en mordais les doigts, et que j'avais froid dans le dos. Cependant, cette situation déconcertante prit fin d'une manière fulgurante, quand *Archibraldo* s'écria :

« Je n'y crois pas. Le voilà le couvent Sainte-Agnès ! Enfin ! Notre père m'en a tant parlé. Pourtant, il est fermé depuis quelques mois. Pour travaux dit-on… Le voilà grand ouvert pour les flâneurs ! »

Il regarda sa montre et s'exclama si puissamment que l'on aurait pu croire qu'il venait de recevoir une révélation divine :

« 21 heures et encore de la lumière ! Viens, on va visiter ce joyau ! Ce bijou ! Allez, y'a plein de tableaux. Une opportunité comme ça, y'en a qu'une. On croirait que c'est fait exprès pour nous, qu'on nous tend la perche. ».

J'avais surtout l'impression que l'on nous tendait un piège, mais je voyais bien, dans ses yeux, son envie d'admirer l'endroit. Qui plus est, il pointait si fermement du doigt ce sombre monument qui semblait moyenâgeux que je n'osai affirmer ma méfiance. J'aurais voulu qu'il voit dans mes yeux ce petit rayonnement qui témoignait de mon hésitation ; mais quand on est fasciné avec des grands yeux comme ceux *d'Archibraldo*, dans ces moments d'extase que procure l'excitation, eh bien, dans ces moment-là, où seule la passion déraisonnée parle, on ne voit plus que le monde en géant et seulement par son prisme de géant. De fait, mon frère m'expliqua, sans calmer ses élans d'admirations, que dis-je, ses envolées romantiques pour ce lieu introuvable qu'il ne connaissait paradoxalement qu'à travers des « *on dit* », que la magie avait imprégné, non seulement les œuvres de ce couvent (qui n'est autre qu'une sorte de musée aujourd'hui, évidemment) mais aussi les êtres aux alentours. Il continuait son discours en dérivant sur l'histoire praguoise, puis nous arrivâmes à un point pertinent de la discussion dans laquelle il me déroulait les légendes de Tchéquie. Je ne sais pas pourquoi, mais j'avais l'intime conviction qu'il se plaisait dans cette fantaisie, qu'il avalait volontiers ses propres paroles, au point que je le soupçonnais d'y croire réellement, alors même qu'il est de nature quelqu'un de cartésien, fervent adepte de la cause scientifique. Selon ses dires, le *couvent Sainte-Agnès*, et plus globalement le quartier juif de la ville, est historiquement un lieu mystérieux où des choses louches se passent, que seule la magie peut comprendre et expliquer. Bref, nous entrâmes faire notre visite et c'est ainsi que les flâneurs que nous étions, devinrent partiellement des touristes à la chasse aux images.

À l'entrée, ce fut un vieux doyen qui nous accueillit. Nous aurions pu aisément croire que cet ancêtre à la barbe grisâtre et pendante était du genre à avoir traversé les siècles, et au vu de ses discours de présentation, nous aurions pu également croire qu'il était là lorsque la première brique de ce bâtiment avait été posée.

La féerie du récit commençait réellement. Après avoir franchi cette porte, nous entrions dorénavant dans le vif de notre sujet ; ce qui va suivre n'est point un mensonge, j'en fais le serment, ce qui ne veut pas dire qu'il s'agisse non plus d'une vérité. Alors, bien aise à vous de me croire sur parole ou bien de remettre en question ces propos, de toute manière, vous ne comprendrez jamais précisément ce qu'il se passa ce soir-là dans les rues de *Prague*. Personne ne pourrait comprendre ce qui s'y passait. Personne.

Ainsi, le vieux sorcier de l'accueil nous expliquait, non sans prendre son temps, la logistique du musée. De mon côté, je n'écoutais pas exactement ses paroles, disons que je me focalisais sur sa longue crinière verticale, marquant un joli contraste avec son crâne lisse. Mes yeux se posèrent sur son petit badge, très sobre : « *Kokakoschkaa, l'ultime gardien de nuit* » pouvais-je traduire. L'ultime ? Décidément, tout était étrange. On dit que c'est un privilège sans nom de visiter un musée sans touristes, que les œuvres, métamorphosées en marchandise numérique tout au long de la journée, redeviennent enfin des œuvres qui sont observées pour leur Être et de ce fait, deviennent correctement observables. Néanmoins, cette lumière tamisée dans toute cette solitude ne me mettait point à l'aise et je constatais bien *qu'Archibraldo* tentait de dissimuler son inconfort pour ne laisser paraître que son euphorie tant exprimée devant le couvent. C'était le silence absolu dans les escaliers interminables ; dans les couloirs sans vie. Enfin, après un périple périlleux dans cette forteresse, nous arrivâmes devant la véritable entrée, celle nous ouvrant les portes de la culture. Il y avait là trois femmes d'un certain âge qui nous barraient la route, comme *Cerbère*. L'une d'elles prit la parole dans une langue inconnue, mais qui ne sonnait pas tchèque pour autant ; était-il possible que cette créature parlât dans un langage antique ? Du grec ancien peut-être ? Il n'y a qu'un ami à moi qui l'étudiais (donc, qui pouvait le comprendre) et malheureusement, bien qu'il soit petit de taille, il n'était point dans ma poche. Dans son discours, je ne compris que le mot « *square* » qui, après mûre réflexion, me mit la puce à l'oreille, au-delà qu'elle commença brusquement à user de l'anglais, que ce bâtiment formait un carré. Elle monopolisa la parole pendant trois longues minutes, tandis que les deux autres ne relevaient pas la tête. La femme semblait perturbée par notre visite, ce qui est le comble quand on travaille dans ce milieu ; j'avais beau me concentrer sur le visage de cette vieille dame, je n'arrivais pas à en cerner les traits, les caractéristiques uniques et il faut dire que cette dernière tremblotait sans jamais nous regarder dans les yeux, chose qui ne m'aida pas à en faire le portrait. J'avais l'impression que son visage fondait. J'étais bouche bée face à un tel personnage. Il y avait quelque chose de mystique en elle et de symbolique dans ce monologue ésotérique.

Une fois cette étape franchie, nous savourions avec plaisir le musée, car quand une chose est désirée longuement, elle n'est que plus plaisante. On y voyait des œuvres anciennes, toujours dans le domaine de l'Art sacré. Des Jésus, il n'y avait que cela. Moi, dans ce genre d'exposition, je suis très friand des représentations de l'enfer, d'autant plus quand elles sont tout droit sorties, et c'est sociologiquement et historiquement normal, d'un univers dantesque. Que c'est agréable de voir des petits monstres farfelus dans un endroit surréaliste ; dans notre monde à nous, ça n'existe point. Tu m'étonnes qu'à l'époque on craignait le péché ! Aucun paysan, analphabète par dépit ou troubadour par nécessité, ne souhaitait se faire enfourcher par un démon. Il y avait un tableau assez spécial qui représentait une masse terreuse tenant la main d'un juif errant. Je le contemplai durant d'interminables minutes, attiré bêtement par la belle bête, sans savoir pourquoi.

Tout d'un coup, *Archibraldo* se mit à tripoter ses poches. J'apercevais bien son agitation, et dans ses yeux, son angoisse. Il venait de perdre sa *Petite Poucette*, en d'autres termes, son téléphone portable. Après m'avoir accusé d'être la cause première de son égarement, comme quoi ma présence l'aurait rendu distrait et donc préalablement enclin à la perte d'un tel bien, nous nous mîmes à courir très vite vers la sortie, faisant, de ce fait, les salles à rebours. Les moires n'avaient pas bougé et se sont très vite agitées. L'une d'elle m'agrippa le bras pendant ma course et se mit à nous barrer le chemin. Elle murmura rapidement ceci :

« הביתה הבאים ברוכים ».

Je ne fis pas attention à son braillement silencieux, car il me semblait avoir mal compris (comment pourrais-je comprendre une langue que je n'ai point étudiée ?). J'avais cru entendre un « *bienvenue chez toi.* », mais oublions cette banalité. Et puis même si elle avait vraiment dit ça, idiote que tu fus, je suis français ! Bref, j'imagine qu'elle crut, cette cruche, que nous volions un de ses trésors picturaux. En réalité, dans notre cas, le téléphone de mon frère valait, à tort évidemment, bien plus que ces représentations chrétienne sur bois. En guise de monnaie d'échange afin qu'elle nous autorise à sortir de ce lieu pour retrouver notre bien, nous devions laisser le sac bleu contenant le reste de nos affaires. Qu'importe, nous lui laissions la chose et nous courions aussitôt. Où l'avait-il laissé ce satané téléphone ? Où pouvait-elle être cette foutue drogue contemporaine ? Ce poison algorithmique ? Deux choix s'offraient à nous : soit il l'avait oublié dans les toilettes du restaurant, ce qui faisait une sacrée trotte, soit sur le banc proche des gargouilles, ce qui était, heureusement pour nous, la porte d'à côté. J'émis l'idée d'une potentielle séparation : chacun irait à l'un des endroits, mais *Archibraldo* refusa *illico presto*. Ainsi, sans réellement le verbaliser, nous avions décidé de retourner au parc des trois bancs. Arrivés essoufflés (il faut dire que la cigarette n'est pas réputée pour être associée aux marathoniens), l'atmosphère n'avait pas bougé. Les amoureux étaient toujours là. Rapidement, nous faisions le tour du banc en l'encerclant, mais rien ne nous semblait anormal. Enfin, pas tout à fait, car mon frère se mit à pointer du doigt une chose brillante dans la nuit noire. En la ramassant, nous découvrîmes, non sans stupeur, qu'il s'agissait d'un verre trempé. Il était brisé et de ce fait, méconnaissable. Mais des écrans de protection pour téléphone, il en existe des milliers. Etrange. Ce détail nous mit le déclic. Nous nous retournâmes pour dialoguer, enfin, avec les gargouilles. Dieu merci, l'une d'elles, celle qui avait le bouquet de fleurs dans les mains, parlait l'anglais bien qu'avec difficulté. Il s'exclama en témoignant d'une certaine compassion envers notre désarroi :

« *Oh, how sad... Mmmhhhh... Nobody sat here after you. Ah yes, there's a man with a large suitcase who's just left.[1]* ».

On les remercia pour ces informations précieuses et nous continuâmes notre recherche. Quelques secondes à peine après cette discussion, nous vîmes un homme au loin avec une brique noire à la main : une lourde valise que l'on traîne derrière soi, une valise *à passé* (les souvenirs ne sont jamais loin) ou à roulette, sans aucun doute. *Archibraldo* l'anxieux, énervé et avec peu d'espoir, cria :

« *Cours, moi j'ai l'appareil photo, cours putain ! Va l'interroger !* ».

Aussitôt dit, je glissai dans la peau d'un détective privé et attrapai le coupable potentiel. L'individu s'arrêta net et posa sa valise afin de se retourner. Effrayant ! Il était effrayant ! Tout comme les moires et les gargouilles, je n'arrivais pas à saisir son visage, mais il me sembla qu'avec lui, c'était encore pire. Ses yeux, sa bouche, son nez étaient gros, mais flous et flasques ; sa tête toute ronde, sans un poil sur le caillou, son teint beige, tout

---

[1] « *Oh, comme c'est triste... Mmmhhhh... Personne ne s'est assis ici après vous. Ah oui, il y a un homme avec une grosse valise qui vient de partir* ».

cela me donnait l'impression d'avoir en face de moi une créature argileuse. Maintenant que j'étais à côté de lui, il me sembla immense, frôlant les deux mètres facilement. Effroyable individu. Si c'était lui le voleur, nous n'aurions aucune chance de lui arracher l'objet des mains. Ah oui, ses mains, imposantes et irrégulières, avec des doigts boudinés, comme ça on peut tout saisir avec aisance, mais rien faire dans le minutieux. Je n'osais le regarder dans les yeux. Revenons à notre affaire. S'il y avait encore une chance de retrouver le portable *d'Archibraldo*, il fallait tout tenter. Nous n'avions aucune envie de nous attirer les foudres parentales ; nous étions suffisamment frères pour savoir qu'un père en colère, ce n'est pas facile à apaiser ; qu'une mère en colère, ce n'est pas facile à surmonter. Tout de même, nous savions que notre situation était désespérée si ce téléphone avait été volé car à moins d'être un très mauvais voleur, aucun malin n'avouerait son acte. D'autant plus que les lois en vigueur interdisent que l'on fouille quelqu'un, ou que l'on insiste trop avec des questions embarrassantes ; le harcèlement de rue est passible d'une grosse amende, et je ne détiens pas les couronnes nécessaires pour payer une telle somme. Le voleur avait le droit dans sa poche, et nous, seulement notre malheur. Alors, il fallait être subtil dans la négociation avec ce monsieur, car bien que la justice soit de son côté à ce moment précis, il nous fallait rallier l'intelligence du nôtre. En tout cas, moi, si on me soupçonnait d'une telle chose et que tel était bien le cas, je ne dirais rien, je nierais puis partirais. Qui peut faire quoi ? La loi est de son côté, vous ai-je dit ; quand le Château, là où part toutes prérogatives à *Prague*, légitime un ordre, il devient aussitôt une obligation suprême et symbolique. Il faut le faire, un point c'est tout. On perd toujours face au bureaucratisme. Toutefois, l'homme que j'avais en face de moi était bien étrange, au-delà de son physique, dans son comportement ; il s'arrêta net et, après que je lui ai expliqué l'affaire dans mon anglais modeste, se mit à réfléchir. Il ne parlait pas un mot, dans aucune langue d'ailleurs. Pourtant, il ne semblait point muet. Ses yeux me transperçaient. Mon frère, qui venait de nous rejoindre pour former un petit cercle, laissa échapper un petit bruit, manifestant son étonnement face à ce personnage mystiquement laid. Cela faisait du bien de voir que je n'étais pas seul à le trouver louche, ce bon monsieur. C'est vrai qu'il n'avait pas grand-chose d'humain, l'atroce quidam aux épaules robustes comme du roc. En conséquence, il n'avait pas grand-chose d'un voleur non plus puisque, à moins d'être une pie, les animaux ne sont pas vraiment des chapardeurs. Je le fixai si intensément qu'il me fut impossible de ne pas cerner, photographier dans ma mémoire volontaire, ses traits ; cependant, j'échouai, comme s'il refusait, avec l'aide de je ne sais quelle méthode magique que la science ignore, que je découvre son être profond en ses yeux. Comment puis-je vous l'expliquer ? Il était en face de moi, mais c'est tout comme s'il était très loin, dans une brume de fumée. Le malaise pouvait se toucher et les oiseaux godiches, poussés par leur curiosité, avaient cessé de chanter. Avaient-ils peur, eux aussi, claquant du bec ? Pour dire, je ne me souviens même plus de ses yeux aujourd'hui, si ce n'est qu'ils me terrifièrent comme rarement je ne l'ai été. Même avec le recul que je détiens, je ne peux rien affirmer à son sujet, lui qui incarnait si parfaitement le concept de mystère. Ainsi, il resta passif devant nous pendant une éternité, sans s'offusquer de notre recherche. Même si mon frère lui gueulait dessus (il faut le comprendre, c'est perturbant un homme sans expression quand on l'accuse d'une chose), il ne fit rien. Malgré mon mètre quatre-vingt-cinq, je dus lever la tête pour l'observer. Je vous le jure, j'eus l'impression qu'il grossissait. Un colosse plus gros qu'un éléphant de mer. Horrible ! Je voulus parler, lui dire des choses, je ne savais quoi ; il me fallait l'interroger, simplement ma maudite langue resta collée au palais de telle sorte que j'eus de plus en plus l'impression qu'une force maléfique, intangible, m'écrasait pour me faire taire.

Soudain, une sonnerie me fit sortir de mes songes et de cette semi-somnolence. Je repris conscience de la situation et me mis en rogne, non pas contre ce présumé voleur, si attirant dans sa répugnance, que je ne connaissais ni d'Adam ni d'Eve, mais contre moi, de m'être laissé bêtement entourloupé par son aura. *Archibraldo* ne lâcha pas l'affaire pour autant. Il n'avait même pas remarqué mon égarement. Puis, une seconde sonnerie se mit à retentir et à nouveau, le bonhomme de terre, de fer, de feu ou de neige, je n'en sais trop rien, continua à ne point réagir, à ne point fléchir. On le pria alors de sortir le téléphone, pour voir à quoi ressemblait le gadget perturbateur. Sans stress, ni hésitation, il sortit de sa poche, une vieille brique fossilisée : nous aurions cru à un portable soviétique, des années 70 à tout casser. Je n'avais jamais vu une telle relique. Aucun doute, ce n'était pas lui le voleur. Nous étions embarrassés de la situation, contrairement à ce molosse sans visage qui arborait son impassibilité comme s'il s'agissait du jeu de celui qui devait montrer le moins ses émotions. En nous retournant pour partir, nous entendîmes une troisième fois cette même sonnerie. Nous fixâmes alors, par sécurité sans doute, une autre fois le stoïque individu. Il nous roulait dans la farine celui-là ! Toujours avec son fossile dans la main, on voyait bien que le son sortait de son pantalon. L'enflure avait un deuxième téléphone ! Nous nous jetâmes aussitôt sur lui pour réclamer de sortir l'objet : *Eurêka* ! C'était bien le téléphone *d'Archibraldo*. Le monstre devenu voleur tendit aussitôt sa main et lâcha mécaniquement le bien de mon frère, le geste fut si inattendu, si nonchalant, que l'on eut du mal à l'attraper en vol avant qu'il ne se fracasse contre le sol. Enfin, le monstre se retourna sans dire mot, sans même prêter attention à nos injures (qu'il était pourtant aisé de comprendre, qu'importe le niveau d'anglais ou de français). Très rapidement, il partit dans la nuit noire pour ne devenir qu'une simple tâche dans le brouillard afin de ne former au loin, *in fine*, qu'une symbiose avec l'obscurité des ténèbres.

    Je regardai mon frère avec de grands yeux ; il me regarda réciproquement avec la même stupéfaction, et de fait, les mêmes yeux. En somme, nous étions déçappointés. Nous n'osions nous prononcer sur la situation, alors nous marchâmes, bêtement, jusqu'au banc où les gargouilles s'étaient finalement envolées, très certainement pour rejoindre leurs frères sur une église gothique de la ville. Le parc ne laissait plus aucune place à la vie, la magie kafkaïenne s'imposait avec hégémonie dans *Prague*. *Archibraldo*, assis sur la première scène de crime, était heureux d'avoir récupéré sa machine algorithmique. Il s'en fichait un petit peu de l'objet numérique en lui-même, me dit-il, car ce qui comptait en l'occurrence, c'étaient les photos ; de nos jours, un téléphone est un deuxième cerveau et il suffit, pour bon nombre de personnes, de le perdre pour perdre l'intégralité des souvenirs réels par la même occasion. C'est triste. Un souvenir, à mes yeux, ça doit rester dans la caboche et ne plus en sortir, sauf quand c'est nécessaire. C'est le danger de notre génération à trop délaisser nos prédispositions, autrefois naturelles et essentialisantes, inhérentes à notre espèce, à ces petites machines ; car on finit par se déshumaniser tout en y consentant, sans toutefois se rendre compte de la gravité d'une telle démarche. Petit à petit, déjà qu'on n'en a jamais eu beaucoup, le modernisme nous enlève notre humanité. Silence. Silence…

« *Eh. Pourquoi mon téléphone est en tchèque ? Le mec aurait déjà pris ses aises en changeant la langue ? Ne perds pas de temps celui-là ! Effroyable scélérat. Mais attends. C'est quoi ça ? Viens voir. Viens voir j'te dis. J'ai l'impression qu'il a piraté quelque chose ?! C'est bizarre, non ? ».*

En effet, il avait raison. Je rétorquai naïvement que ce n'était potentiellement qu'une histoire de carte Sim. Et en effet, nous découvrîmes alors que ce voleur avait non seulement arraché la vitre de protection, sans rendre la coque, mais également enlevé la carte Sim française de mon frère pour mettre la sienne. En conséquence, cela voulait dire que les trois appels manqués, nous ayant permis de découvrir qu'il était bel et bien le coupable dans cette affaire, relevaient de sa personne ; qu'un de ses proches l'avait involontairement démasqué. Le comble ! Se faire griller par un pote, c'est ballot ! C'est con comme un âne ! Ah ça oui, c'est bête comme une huître ! Enfin bon, je ne comprendrais jamais pourquoi il n'était pas parti, d'autant plus qu'il ne parlait pas notre langue, ou que l'on ne parlait pas la sienne (en avait-il seulement une ?). Et aussi, comment avait-il enlevé une carte Sim avec ses énormes doigts, ceux-là mêmes qui l'empêchaient d'effectuer des tâches nécessitant la précision ?

« *Putain, où a-t-il pu bien jeter ma carte Sim ? J'ai cherché et y'a rien autour du banc, rien du tout. Et tu ne trouves pas que...*

Viens voir, viens voir ! Saperlipopette ! J'ai reçu un message par un drôle de numéro. Oh punaise ! »

Je regardais son petit rectangle de lumière, mais n'y comprenais rien :

« צעירים צרפתים, מגיעים בחצות לבית הכנסת הישן של השכונה »

Qu'était-ce ? Des hiéroglyphes que *Champollion* n'avait point découvert ? En vérité, grâce à l'aide d'internet, nous avons rapidement su que cette phrase était en hébreu :

« *Jeunes français, venez à minuit, dans la vieille synagogue du quartier* ».

C'était là un message indéchiffrable pour un citoyen ordinaire comme moi. Nous crûmes d'abord à une mauvaise traduction ou à une erreur puis, au bout de quelques minutes, nous nous fîmes à l'idée que quelque chose d'étrange se passait sous notre nez. Nous étions conviés à un drôle d'endroit, dans un drôle de lieu, par cette drôle de créature. Pour être une surprise, ce fut une surprise ! Ce message nous était-il réellement adressé ? Si oui, cela signifiera que tout ce cirque n'était, finalement, non pas une affaire relevant de coïncidences fortuites, non pas purement et simplement une affaire hasardeuse, mais un plan astucieux. J'avais l'intime impression qu'une quête secondaire s'ouvrait droit devant nous, le genre de quête, surtout ici, à faire grincer les dents d'un loup-garou. Le voleur sans visage me glaça encore plus le sang, plus je pensais à lui, moins j'avais une image nette de sa personne. Il fut, dans mon esprit, comme un mirage. Je voyais *Archibraldo* devenir fou. Je voyais bien qu'il s'était rendu compte d'une nouvelle chose, comme si un problème plus gros venait de s'enkyster à notre petit problème de carte Sim.

- Pourquoi irions-nous le retrouver ? dis-je bêtement afin de rompre le calme planant, sans savoir que j'avais, telle la flèche métallique d'une église, attiré les foudres de mon frère.
- Potentiellement pour récupérer ma carte Sim ou encore ma *fucking* carte bancaire que j'avais glissé entre mon téléphone et la coque ? répondit-il d'un ton sec, arrogant à souhait et purement ironique.

Ah oui, la carte bleue ; je ne l'avais pas encore incluse dans l'équation. Moi, je ne répondis rien ; c'était mieux et plus pragmatique ainsi. Il disait vrai, car l'enjeu était de taille. On ne rigole pas quand on parle d'argent. *Archibraldo* était exaspéré de rancœur, sa colère se mélangeait à un résidu de ressentiment, et il avait ses raisons. Moi, je n'y pouvais rien, mais quand on est énervé, l'humain a une fâcheuse inclination à prendre la personne la plus proche afin de l'utiliser comme *punchingball*. Je fermai ma bouche religieusement en acceptant ce sort dramatique car dans sa situation, j'aurais certainement fait la même chose. On est tous un peu colériques quand une affaire nous dépasse. Le silence perdura, alors je m'écriai avec bravoure :

« *J'irai la récupérer ! Oui, j'irai, n't'en fais pas. Tu m'attendras au coin de la rue si ça te chante et t'appellera les flics si ça dégénère. Il n'y a aucune raison que ça s'envenime de toute manière, ne t'inquiète pas, c'est qu'une histoire de bigo.* »

Archibraldo me regarda avec autant d'animosité que de passion ; cela fait toujours plaisir de voir de l'admiration, ici, pour mon courage, dans les yeux de son grand frère. Ainsi, une fois la destination mise sur mon GPS portatif, nous marchâmes vers l'inconnu (bien que tout m'était inconnu). *Prague, Prague, Prague,* tu me fais vivre des choses que je ne devrais pas voir autre part que dans mes cauchemars les plus épouvantables ! Toutefois, la destination se situait toujours dans le quartier juif, et nous déambulions dans les petites ruelles dans lesquelles des maisons se tournaient le dos, comme si ces dernières ne voulaient pas se regarder en face par peur de l'affrontement. *Prague, Prague, Prague*, que tu es splendide dans ce sombre glacial, dans cette ville sans vie. La lune, en petit croissant, brillait de mille feux, de sorte qu'un ignorant aurait pu la confondre avec le soleil. *Prague*, je t'aurai à ton propre jeu !

Nous arrivâmes enfin devant une maison. C'était là. Sinistre, sans chaleur, elle absorbait tous les rayons flamboyants de la lune pour créer une boule de brouillard autour d'elle. À nouveau, je me sentis profondément regardé : qui était là ? Qui m'espionnait ? Qui pénétrait mon intériorité la plus extrême ? Horrible sensation que je ne croyais possible que dans les œuvres de *Lovecraft*. Qu'est-ce que c'était ? J'avais cru apercevoir une tache beige derrière le rideau, comme une statue vivante s'enfuyant quand je la découvris. Je regardai une dernière fois *Archibraldo* en serrant ma mâchoire et en fronçant les sourcils pour prouver ma témérité. Il fallait que je rentre. Je poussai la porte en bois qui grinça horriblement. *Prague*, tu as décidé de me faire peur jusqu'au bout ! Il n'y avait aucune lumière à l'intérieur, pas même d'interrupteur ; alors j'avançai avec l'aide de mon portable, en tâtonnant le vide. L'endroit était désert et, tout comme le désert, rempli de sable ou de poussière. Ma peau tremblotait et je laissai mes dents du bas serrer celles d'en haut, pour ne point qu'elles s'entrechoquent avec fracas. Je suis d'essence quelqu'un d'audacieux, certes, mais là, j'avouais sans crainte mon tempérament de mauviette. Avoir peur, c'est être humain. Par conséquent, j'étais fier d'être humain dans cette maison taciturne qui, elle, ne l'était absolument pas. Personne en bas. Et en haut ? Il y avait une sorte d'échelle au milieu de la pièce, posée là, on ne savait pourquoi. Je grimpai faiblement, comme attiré par le noyau sans cœur. J'étais hypnotisé dans mon mouvement. Je glissai ma tête et observai le grenier vide. Il n'y avait rien ici, mais je décidai de continuer mon ascension pour en avoir la certitude. Rien de mieux que de vérifier ses connaissances par soi-même !

Sur une table construite dans une période bien lointaine, il y avait une boîte en peau d'animal. Ma curiosité me poussa à en dénicher le secret et à l'intérieur s'y trouvait mon trésor : superbe, voilà la carte Sim, et aussi la carte bleue *d'Archibraldo* et… Un gant de fauconnier. Abracadabrant. Énigmatique cachette. Je pris mon pactole légitimement repris et reposai délicatement le couvercle pour enfermer la chose en cuir qui ne m'appartenait pas (je ne souhaitais pas devenir un voleur à mon tour, on ne rend pas le mal par le mal, vous connaissez la maxime). Tout d'un coup, je sentis un vent froid me traverser le cou. Un souffle frôla ma nuque. Qui se trouvait derrière moi ? J'étais tétanisé, je n'osais point me retourner par peur d'y trouver un titan, et même si je le souhaitais, j'étais dans une telle paralysie que mes muscles l'auraient refusé. J'entendais la respiration d'une brute ; d'un féroce animal, pas celle d'un Homme. En me retournant délicatement, je dus lever les yeux pour atteindre un visage. Horrible ! Il n'y avait pas de visage. Il me fallut cligner des yeux plusieurs fois avant de réaliser que cette chose n'était, vraisemblablement, en apparence du moins, pas humaine. Son crâne rond comme un caillou, sa peau grasse comme de l'argile, cette drôle d'écriture sur le front : « *EMET* ». Ce monstre devait peser une tonne. Ce dernier me laissait le regarder droit dans les yeux, sans agir, immobile en restant passif tel un arbre ou une vulgaire machine. J'aurais pu croire, à ce moment-là, qu'il me tendait une perche afin que je découvre moi-même le mystère ; il est clair que ce colosse aurait pu m'anéantir d'un claquement de doigt, mais je ressentais comme une aura bienveillante s'en dégager. C'est à ce moment-là que je fis la relation entre ce monstre semblable à un automate et le voleur de téléphone. Je suis bien bête de ne pas y avoir pensé avant. J'avais l'impression qu'il était bien plus gros, bien plus fort, bien plus imposant que tout à l'heure, comme si la lune avait parachevé sa transformation en lui démultipliant ses capacités. Affolante créature qui ne semblait pas être le fruit de mère nature, mais plutôt un mélange folklorique : un peu de *Gollum*, de *Goliath*, de *Cthulhu* et surtout, de *Golem*, voilà pourquoi je le dénommais « GOLOUTH ». Voici, en chair ou en pierre, le légendaire *Golouth*. Attendez ! Je me suis aussitôt souvenu d'une légende *qu'Archibraldo* m'avait racontée devant le couvent de tout à l'heure : *Le Golem de Prague*. C'est cela ! Horrifiant, menaçant, cauchemardesque et redoutable *Golouth* ! Oui. Le golem est vivant ! Pire que cela, le Golem existait ! Selon la philosophie judaïque, en 1588, un certain *Rabbi Loew* aurait eu des ambitions, divines ou personnelles, on ne sait rarement ce qui différencie *l'hubris,* de la volonté de Dieu pour son peuple. On raconte que les juifs étaient persécutés dans l'ancien *Prague* et en conséquence, afin de protéger les siens des pogroms, il créa, sous base cabalistique, un monstre d'argile. On dit que ce monstre est endormi depuis bien longtemps, qu'il revient parfois, en promeneur solitaire, en cavalier sans roi, en vagabond sans boussole, puisque son maître n'est plus parmi les vivants depuis bien des siècles. On dit que le Golem n'est que substance, qu'il est unique et pluriel, ange et démon, passif et agressif… En réalité, on ne sait rien de lui si ce n'est qu'il a sauvé des gens, et en a tué beaucoup d'autres au sein de l'histoire et du quartier juif de *Prague*… Curieuse époque. On dit aussi que son corps inerte, quand il est inactif, est caché dans une vieille synagogue, dans un… Dans quoi ? Oui. Dans un grenier scellé par l'interdiction et par la peur de réveiller un secret vieux comme le monde. Je venais de comprendre : j'étais dans la demeure du titan de calcaire et c'était moi, oui moi, qui venais de le réveiller. Merde. C'en était fini de moi. J'allais mourir pour un vulgaire téléphone qui n'était pas le mien ? Tragédie du *XXIe* siècle. Mourir par faute du numérique. Je m'éloignai à reculons, tout en titubant comme un ivrogne ; ivre d'angoisse et de peur pour cet être artificiel, mi-humanoïde, mi-monstrueux. La légende raconte que le Golem est incapable de parole et sans libre arbitre face à son créateur, mais maintenant qu'il est seul aux commandes, qui sait s'il n'a pas développé une conscience singulière ? Je ne savais plus que faire. Je ne me souvenais plus de la façon de le désactiver. Que faire ? *Prague, Prague, Prague*, que tu sois maudite !

Alors, me vint une idée farfelue, à laquelle on ne pense pas dans ce genre de situations, mais qui a le mérite d'exister et de nous laisser la vie sauve. J'aurais pu essayer de me battre pour mourir en héros, fuir afin de mourir en peureux, mais à la place de cela, je sortis mon téléphone de ma poche et écrivis sur internet « *légende du Golem de Prague* », tout en posant mon regard sur le monstre en face de moi. Quitte à décéder par faute de technologie, autant qu'elle me sauve les fesses avant le drame, histoire qu'elle se rachète un peu. J'appris très rapidement que l'écriture sur son front, le « *EMET* » signifiait « *vérité* » en hébreu, et que l'unique moyen de désactiver une telle créature, était d'effacer la première lettre afin d'obtenir « *MET* » qui veut dire, tout bêtement, « *mort* ». Simple comme bonjour. Le problème était que, même si je levais mon bras, je craignais fort de je ne pouvoir atteindre son visage (qui m'était déjà insupportable à regarder). Toutefois, il me fallait vivre (que n'est-on pas prêt à faire pour cela ?), ne serait-ce que pour montrer à *Archibraldo* que j'étais capable de cela et aussi pour moi, j'étais encore jeune et j'avais une folle envie de découvrir d'autres villes que *Prague*. Je le fixais dans les yeux et les siens, teintés de jaune et d'orangé, scintillaient dans la pénombre. Une bête. C'est une bête, voilà ce que je me suis dit. Le genre de bête qui anéantit l'espoir avec un regard. Cependant, je crus presque percevoir de la peur dans son regard ; peut-être n'était-ce que la mienne qui se répercutait, tel un miroir, dans ses rétines. Enfin bref, d'un courage insoupçonné, je sautais sur la table, mis un coup de pied dans la boite qui s'ouvrit en plein vol et laissa échapper le gant de cuir. Celui-ci roula au pied du géant, qui, comme un robot, se pencha pour le récupérer. C'était mon moment, mon unique chance : me jetant sur lui, puisqu'il était à ma portée une fois fléchi, j'appuyai fort sur son front pour effacer le « *E* ». Ce fut un succès grandiose. Il n'y avait plus qu'un « *MET* », la mort lui était proche et flottait dans les airs. Le *Golouth* d'argile tomba à genoux, en plongeant ses yeux malheureux dans les miens victorieux. Étonnamment, il se mit à sourire ; une voix rauque, presque humaine, s'exclama :

« תודה, אני חופשי. בהצלחה. ».

Je ne parlais toujours pas l'hébreu, pourtant je venais de comprendre, il venait de dire :

« *Merci, je suis libre. Bon courage pour la suite* ».

Le *Golem* s'effondra sur le sol et, en quelques instants, se décomposa en poussière de pierre : lui qui était argile au début, est redevenu ce qu'il a toujours été, en d'autres termes, une vulgaire matière première. Je restai là, planté devant ses cendres, sans attendre une résurrection du Phoenix, puisque je savais que tout était fini. Je ne réalisai pas tout de suite ce qu'il venait de se passer. Je rejoignis aussitôt mon frère pour lui raconter la chose. Évidemment, il ne me crut pas une seule seconde, mais au moins, il était ravi d'avoir récupéré sa carte Sim ainsi que sa carte bancaire. En vérité, c'est si difficile à croire que je comprends sa réaction, qu'encore une fois, j'aurais fait de même. Libre à vous de me croire ou non d'ailleurs. Je ne cherche à convaincre personne. Je raconte les faits. Juste mes faits. Plus personne ne croit au Golem, il n'y a que les écrivains comme moi ou *Gustav Meyrink* qui accordent encore de l'importance à ces récits mystiques… Mon époque ne croit qu'au progrès, à l'intelligence artificielle et aux téléphones pleins de cartes Sim, voici leurs nouvelles légendes folkloriques, leurs dieux universels ! Tout de même : méfiez-vous des légendes.

Nous rentrâmes chez *Archibraldo* ; la lune éclatante avait tourné à l'écarlate. Il y avait de la magie dans l'air et cela, je ne serais toujours pas en capacité de l'expliquer. Durant tout le trajet, je me tus en repensant à l'événement surnaturel que je venais de vivre. Personne ne me croirait ; personne. Peut-être un enfant crédule ? J'étais maudit, condamné à garder le secret afin qu'on ne me prenne point pour un fou. Mais tout ce que je vous dis est vrai ; pas de fou à l'horizon. Vrai de vrai et je ne suis point de cette espèce. Une fois dans l'appartement de mon frère, une fatigue énorme m'envahit, à peine dans le lit, je tombai en hibernation.

Que c'était long ce silence médiocre. Je ne sais pas combien de temps j'avais dormi ; j'avais l'impression que cela faisait des jours que j'étais dans la même position. J'ouvris les yeux et il faisait encore noir dans la chambre. Désorienté, je ne comprenais pas bien où j'étais, il faut dire que je ne connaissais pas très bien l'appartement *d'Archibraldo*. Ainsi, je me levai difficilement, car profondément ankylosé et tâtonnai dans la pénombre pour trouver une lumière, ou mieux, une fenêtre à ouvrir. J'avais le crâne si lourd que je bougeais difficilement, guidé par l'ivresse du réveil. J'avais mal partout. Partout. *Prague, Prague, Prague*, que me prépares-tu de beau aujourd'hui ? Aïe, ma tête hurlait de silence. Ma nuit avait dû être terrible, mais je ne me souvenais pas d'avoir rêvé pour autant. Après un quart d'heure de recherche, mes yeux s'étaient habitués à l'obscurité et je pus discerner sur le sol une petite trappe. J'avais oublié à quel point les habitations tchèques étaient étranges. Je l'ouvris et vis enfin un peu de clarté. En descendant par l'échelle, j'arrivais dans son salon, mais là aussi, l'éclairage était faible, alors je sortis prendre l'air pour m'aérer l'esprit. Étrange. Il faisait encore nuit. La lune était forte, mais surtout, et c'est cela qui me mit un pincement au cœur, comme si cela ne suffisait pas que ma nuit de la veille avait été déjà étonnante, la lune était pleine, formant un rond parfait. Je me mis à courir dans les rues. Vite ; plus vite. Je reconnaissais *Prague*, quelle ville fantasmagorique ! Soudain, je m'arrêtai devant un parc : c'était celui des trois bancs, mais cette fois-ci, il n'y avait ni les gargouilles amoureuses, ni mon frère. Derrière ceux-ci, se trouvait la fontaine qui n'avait point bougé. Je m'approchais, car je voulais m'hydrater ; j'avais une soif si intense que je m'en fichais de tomber malade si l'eau ne s'avérait pas potable. J'aurais bu la mer Rouge sur l'instant. En saisissant l'eau dans mes mains, je criai d'effroi de ce que je venais de voir. Mes mains étaient énormes, froides, boudinées et surtout, semblaient de pierre. Je précipitai aussitôt mon visage au-dessus de l'eau afin de me regarder. La lumière de la lune n'était pas assez puissante pour que j'obtienne un reflet net de moi-même, mais c'était suffisant pour que je hurlasse intérieurement et de toutes mes forces : mon reflet n'était pas le mien, mais bien celui du Golem ! J'étais devenu le *Golouth* en personne ! J'ai d'abord cru que je rêvais, mais après de multiples tentatives afin de me faire revenir dans la réalité, je compris que j'étais déjà dans cette réalité. Je comprenais très rapidement. La légende raconte que le Golem est une créature immortelle, qu'elle est une âme éparse qui a seulement besoin de substance pour vivre. En désactivant le Golem, je ne l'avais point tué, j'avais uniquement libéré son être, mais ce dernier s'était réincarné en moi, m'avait pris comme réceptacle pour faire perdurer la malédiction ! J'avais libéré un prisonnier d'un corps immonde pour me faire esclave ! Oui. C'est cela. Oui. Je venais d'être damné, d'être Golem à mon tour. J'essayai de parler, mais rien ne sortait de ma bouche. Moi aussi, je venais d'être condamné à être passif, à être un serviteur sans maître, un obéissant sans donneur d'ordres… J'étais devenu le prédominant *Golouth* d'argile.

Voilà. Vous savez tout. Je ne sais pas combien de temps cela dura, sans doute des semaines, certainement des mois. Aujourd'hui, mes souvenirs sont oubliés ; ma mémoire est brouillée. Je sais que j'étais forcé à me cacher pour ne point tuer des innocents involontairement ; j'ai longuement rôdé par-ci, par-là et vécu dans cet horrible grenier sans soleil, en haut de cette vieille synagogue. Je parle au passé, car j'ai espoir de n'être plus là quand vous déchiffrerez cela. Toutefois, ne croyez pas qu'il s'agisse d'une fin triste, je suis heureux en Golem. Ce n'est pas si terrible et au moins, je suis presque libéré de certains besoins vitaux. Cela fait du bien de n'être plus humain, et loin des téléphones. Maudites cartes Sim ! Maudits appareils électroniques de télécommunications ! Ce sont ces pacotilles, la véritable malédiction ! Et ne vous inquiétez pas pour ma pomme, à mon tour, je volerai bien une carte Sim, et je me ferai désactiver par un petit français ou une autre nationalité, et enfin, enfin, je serai libre de redevenir qui j'étais. Il faut être voleur pour survivre dans ce monde abject. Heureusement, comme je ne peux plus parler, je me suis rendu compte que j'avais encore le pouvoir d'écrire. C'est ainsi que vous pouvez lire mon histoire et d'ailleurs, si jamais vous la lisez, dites-vous bien que je suis redevenu celui que j'étais. En outre, si vous lisez ceci, je ne suis plus le *Golouth*. Ah non, plus du tout. Le fardeau, hop, refilé à un être errant, à un semblable aux bonnes intentions. *Prague* est remplie de fantaisie, et cette magie est loin d'être seulement dans les textes littéraires. Vous ne savez pas à qui vous avez affaire, et ne connaîtrez sans doute jamais, le plaisir qu'est de se balader sans cœur, absolument seul dans un *Prague* sans chaleur. Par exemple, je termine ces mots en bas du Château, il n'y a pas un *Klamm*, pas un chat, pas un pigeon, pas un rat sur le pont Charles, mais surtout, pas un seul touriste et pas un seul téléphone. Je suis, ou j'étais quand vous lirez ceci, le *Golouth de Prague*, le seul et unique, le plus libre du monde, capable de prendre, de donner ou de condamner la vie des flâneurs qui flânent trop. Je suis ou j'étais, un esclave sans maître, libre comme l'air. Attendez, je dois finir cet écrit ici et maintenant, car quelqu'un vient de laisser son téléphone sur une chaise en terrasse. Je le sais comme je vois tout. Le quartier juif ne fait qu'un avec le Golem. Il est temps, pour moi, de redevenir qui j'étais, de reproduire le même schéma. Il est temps, pour moi, de transmettre la forme du *Golouth*, de passer ce pouvoir, cette cure de désintoxication, à un autre. Tiens, ce portable est encore celui d'un français. Une carte d'identité, à l'arrière de la coque, me présente indirectement un certain :

« ***Vincent Dhautibus*** ».

Eh bien, mon cher Vincent, si tu aimes tant cette drogue numérique, il te faudra venir la chercher dans mon grenier.

Bientôt, ce sera toi le *Golouth* praguois ! Tu ne sais pas à quoi tu vas te confronter.

« *Vincent, Vincent, Vincent*, c'est l'heure de ton jugement ; il est temps, mon grand, car *Prague, Prague, Prague*, la ville maudite et des miracles, t'attend pour ton ultime enseignement ! ».

FIN.

NOUVELLE VI

La cueva de Salamanca

JOUR 1

Je viens d'arriver dans mon nouveau chez-moi. C'est là que je vais y faire mon nid, ou bien là, ou non, c'est plutôt ici que je vais creuser mon terrier, au pied des montagnes déracinées ou de la cathédrale en fleurs. J'aime le vent dans mes cheveux, les bruits des cigognes avec leurs "*copcopcopcop*" et les friandises hallucinantes que vend l'asiatique au coin de cette rue. On m'avait dit que *Salamanque* était une ville splendide, d'or et de lumière ; je constate, au moment où j'écris cela, que l'on ne m'avait point menti. C'est presque trop beau pour être vrai. Perdue au fin fond de *Castille-et-León*, cette ville a su trouver son berceau en prenant la nature comme maman.

Les gens passent à côté de moi avec une légèreté que je ne retrouve chez aucun Français. Ils sont beaux, ces étudiants qui n'étudient pas. Moi aussi, je suis beau et je suis un étudiant, bien que cela ne soit pas autant visible qu'une auréole au-dessus de ma tête. Oui, c'est cela. Je roupille au soleil comme un angora près du feu. Regarde, la fac, oui, celle-ci, juste en face de moi, oui oui, c'est bien elle, eh bien, c'est la mienne. Pas mal, non ? Eh oui, la *facultad de filología*. Je devrais m'y rendre, certes, mais j'ai un roupillon à entamer. Que l'on est libre dans la paresse ! Que l'on est bien au soleil, à même la terre et sa verdure ; que c'est bon de se laisser vivre comme si le temps n'existait pas. C'est un plaisir, une odeur et une sensation flatteuse que de sentir sa vie circuler dans ses veines sans que cela pose un problème. Je regarde tout et je n'analyse rien, je m'abrutis avec la volonté de le faire jusqu'à ce qu'il n'y ait plus de cette volonté pernicieuse derrière le geste. L'apaisement est un doux processus de désintéressement. Mais comme les connaissances, vivre s'apprend, à la différence qu'il vous faut réapprendre votre légèreté enfantine. Le soleil tape de plus en plus fort. Aïe. Tends l'œil et l'oreille. Moi, j'entends une source d'eau ; le *Tormes* vit de beaux jours, à ce que je crois. Profite, jeune fleuve, la sécheresse n'est jamais loin ; l'enfer n'est pas plus loin de la terre que la terre du paradis. Mais le bruit disparaît ; ah, les étudiants se sont-ils finalement mis à étudier ?

Mes paupières sont closes et je ne vois que du noir lumineux. J'ouvre les yeux pour mieux les refermer. Voilà que des taches de soleil apparaissent.

Étonnamment, d'un coup, cette sensation supérieure s'oublie dans un froid morbide. La *ville dorée* a-t-elle cessé de scintiller en haut de son rocher ? J'ouvre les yeux pour comprendre l'incompréhensible et tout s'éclaircit quand je vois que, derrière moi, s'est assis un vieux papi. Son ombre m'ôte de mon soleil, mais n'ayant pas le courage de *Diogène*, je ne dis rien à cet empereur coquin. Au contraire, c'est lui qui me parle :

- Mon petit étudiant, qu'étudies-tu, allongé comme cela ?
- Les langues, mon bon monsieur. Juste les langues. Je me repose avant la surchauffe.
- Bien mon petit. Quels types de langues ?
- Celle que l'on a l'habitude de parler, ou bien celle que l'on a préféré oublier pour en faire briller d'autres. Vous parlez parfaitement le français pour un espagnol, êtes-vous aussi un enfant de l'hexagone ?

- Non, jeune étudiant, cela fait bien longtemps que je sssuis apatride, rejeté des hommes et des anges, du monde et des cieux. Cela fait bien longtemps que je ne ssssuis plus un enfant non plus, alors encore moins celui de l'hexagone. Je sssuis l'enfant de personne. Les langues ne sont que des jolis mots pour mieux gonfler le thorax devant celles des autres, et moi, je me prête aux jeux, j'en connais beaucoup d'ailleurs, des langues, vivantes comme mortes. Connais-tu l'universsssité de *Sssssssssssssssalamanque* ?
- Euh, bien, non, pas vraiment, très peu, enfin, assez pour me dire que je suis un touriste néophyte, mon bon monsieur, et vous ?

Il se met à rire aux éclats. Ses cheveux ébouriffés semblent vivants dans le vent.

- Oh que oui. J'étais, il y a fort longtemps, un étudiant dans cette même faculté. Apprécies-tu les dorures et ssssa grenouille ?
- Concernant les dorures, pour les apprécier, je les apprécie, j'en raffole même. Voilà pourquoi je dors

sur l'herbe afin de les voir de plus bas. Mais quant à votre grenouille, je n'en ai vu nulle part.
- Bien. Il va te falloir ouvrir encore plus les yeux alors. On raconte que l'étudiant qui débussssssque la grenouille de *Sssssalamanca* aura son année scolaire, les mains dans les poches.
- C'est alléchant, mais c'est une vieille légende. Plus personne n'y croit.
- C'est vrai. Plus personne. Mais méfie-toi, car moi, j'y crois. C'est un conssssseil. C'est pour toi que je dis cela, moi, je n'ai plus aucune année académique sur mon chemin. Je vais te révéler un ssssecret que les Hommes ont laissé tomber sur leurs routes : les étrangers du monde ne savent pas que dans l'histoire qu'ils aiment tant, qu'ils érigent en science d'ailleurs, se cache une grosssse part de légende et que dans les légendes, même les plus abstraites, il y a toujours une grande partie d'histoire. La fiction et le réel ne font qu'un, cela va de soi.
- Vous y croyez-vous ? Une grenouille, une vulgaire grenouille, sérieusement ?

- Des milliards de personnes croient en l'histoire, pourquoi serais-je fou de croire aux légendes et aux grenouilles ?
- C'est vrai.
- Tu sais, en 1218, quand les premières pierres de l'université furent posées, les gens ne croyaient pas aux légendes alors qu'ils les vivaient au quotidien. C'est le temps qui décide ce qui sera du récit historique et ce qui relèvera du mythe. Le plus gros mensonge d'aujourd'hui est de croire que ce sont les historiens qui décident de cela…

Vraisemblablement, le vieux n'a pas toute sa tête, mais il est vif, et j'aime les gens qui ont la plume automatique, capable de cracher des mots avec aisance sans jamais dire trop.

- Il y a 40 000 livres dans cette université, des milliers d'ouvrages ssssi précieux que ce serait un blasssssphème de les estimer en argent ou en or, des grimoires magiques ou encore le célèbre livre du diable qu'il ne vaut mieux pas feuilleter, alors tu ne vas pas me faire croire que ce n'est pas un peu la faute de la magie ? Cette ville est chargée d'histoire et de légendes, tout comme elle est chargée de savoir et de jeunes étudiants ne sachant calmer leurs tentations.

- Je vois ; mais pourquoi ne faut-il pas lire ce livre ? Aujourd'hui, plus personne ne croit dans ces enfantillages. Et au fait, qui êtes-vous ? Car nous discutons beaucoup pour de simples inconnus.
- Car on dit qu'il fut écrit de la main de Ssssssatan en personne, et ce dernier répond à des questions qu'il ne vaut mieux pas se poser. Justement, si on ne se les pose plus, ce n'est pas que les légendes n'existent plus aussi, mais que l'on en a trouvé de nouvelles, plus modernes. Mais ce n'est qu'une légende, et il me semble que tu n'y crois pas, toi, aux légendes ? Et pour ma part, j'estime que mon identité n'est pas pertinente dans notre cas, tu ne gagneras rien à la ssssssavoir. En revanche, ma profession peut être profitable : je suis précepteur.
- Il est vrai. Génial ! Prof de quoi ?
- Eh bien de tout mon ami, de tout ! J'ensssseignais à la USAL, dans ta faculté, il y a longtemps, mais la

direction a cessé de croire aux légendes, et donc de croire en moi. Maintenant, je forge mes prodiges en autodidacte.

- Vous avez une école ?
- Oui. L'école de la vie, l'école du sssssavoir et celle de la vérité. Oui, j'enseigne à mon compte. Mais cela a un prix.
- Je ne comprends pas. Vous êtes une école privée ?
- Non, non, ne te méprends pas. Je ne suis pas en recherche d'argent. A mon âge, l'argent vaut autant que les mauvais professeurs de la USAL. Non, c'est toujours proportionnel. Mes élèves payent symboliquement en fonction de leurs réussites. Et vu leurs prouessssses, ils payent gros.
- C'est étrange comme fonctionnement.
- C'est étrange, mais c'est ainsi. Beaucoup de gens souffrent sans le savoir à force d'ingurgiter toutes les formalités. En tout cas, sache que mes disciples sont bien supérieurs à un étudiant de cette faculté dans laquelle juste les monuments et ses moulures

sont prestigieux. Veux-tu comprendre concrètement ce que j'enseigne ?

- MMhh… C'est alléchant. C'est-à-dire que j'ai bientôt classe, justement, dans cette fac que vous détestez tant.
- Viens donc dans la mienne, histoire d'esssssayer, comme je t'ai dit, ce n'est qu'en fonction de ta satisfaction que tu m'honoreras.
- Mais de quoi voulez-vous que je vous honore ?
- Cela, nous le déciderons plus tard, mon ami. Ne sois pas si presssssé, la précipitation est bien là la pire qualité de nos étudiants, c'est à cause d'elle que nombreux individus de ta génération ont le cerveau ramolli.
- Combien de temps dure un de vos enseignements ?
- Le temps d'un ensssseignement, mon ami ; le temps qu'il faudra. Mais c'est très bien, la curiosité est la pire des qualités d'un étudiant. Généralement, je n'enseigne que trois heures par jour, et seulement trois fois dans une vie. Ce n'est pas bien long, mais c'est amplement ssssuffisant. Alors, me suis-tu ? Je

dois y aller, parce que deux autres élèves m'attendent.

- Désolé, mais je ne peux pas.
- Le vouloir et le pouvoir sont deux choses qui se confondent très bien dans la pratique, mais qui se repoussssssent dans le monde des idées. Es-tu sûr que tu ne le peux pas ?
- Vous avez raison. Bon. C'est-à-dire que... Qu'importe. C'est d'accord. Je veux bien essayer.
- M'en voilà ravi. Ahahahaha. Ssssavoir changer d'avis est ausssssi la meilleure des qualités et le pire des défauts de tout étudiant qui se respecte. Suis-moi, nous y allons. Sers-moi la main pour sceller notre petit contrat informel et je t'emmène dans la salle de classe. Ssssimple comme bonjour, n'est-ce pas ?

J'attrape sa main et hoche la tête avec sympathie. C'est un drôle d'oiseau celui-là. Bref, c'est ainsi que je m'embarque dans une aventure. Dire que j'ai ma rentrée maintenant, mais que je préfère suivre un vieillard trop bavard. Nonobstant, je n'ai aucune crainte face à lui, de toute façon, il semble bien inoffensif physiquement, mais au cerveau puissamment destructeur. En dépit de sa petite taille, son aura force le respect. Je marche avec lui en arpentant des chemins sinueux qui nous font sortir de la ville. Je n'ai pas l'impression que l'on marche depuis bien longtemps, toutefois le paysage a radicalement changé : la belle lumière est devenue terne, la bonne chaleur est devenue glauque.

Enfin, nous arrivons devant un portail en bois, avec des représentations bibliques incrustées. C'est un jugement dernier, mais cette fois-ci le paradis est en bas et l'enfer est en haut, il y a même un diablotin moqueur qui tient un manuscrit dans sa main, rigolant sans pudeur du haut de son perchoir. C'est marrant d'inverser les valeurs de la sorte, je ne savais pas que c'était possible de faire cela dans cette religion. Qu'importe. Nous prenons ensuite une sorte d'escalier lugubre qui monte vers je ne sais où. Une fois en haut, il n'y a pas beaucoup de lumière, mais les lampes à l'huile suffisent pour que je voie la salle : c'est ni plus ni moins qu'une cave, et non pas un grenier comme on a l'habitude de voir lorsque l'on monte un escalier ; en d'autres termes, c'est une sombre grotte où l'air est emprisonné. Très spécial, mais bon, disons que c'est expérimental. Je n'ai toujours pas peur, car la vue de mes deux autres camarades, reconnaissables par leurs jeunesses estudiantines et leurs uniformes, me rassura du spectacle. Je m'assois alors sur un tabouret à côté de mes frères d'âge, laissant le vieil homme devenir, perché sur son pupitre, le professeur. Nous ne discutons pas beaucoup des locaux, ni même de nous-mêmes, car le vieillard commence aussitôt son cours. C'est tout de suite que la magie se déclenche.

Sa bouche s'ouvre enfin et brusquement, des délices y sortent. Le discours flambe et nos idées préconçues disparaissent en fumée pour y laisser, dans le creux des cendres, des parcelles de vérité. Nous abordons d'abord la littérature, survolons ensuite les époques avec une efficience qui pourtant ne va pas de pair avec une telle rapidité. Ultérieurement, nous voyons la physique à travers des formules que je n'avais néanmoins jamais comprises auparavant et qui me semblent actuellement d'une étonnante facilité. Subséquemment, nous rentrons dans l'infiniment grand pour y percer des lois, puis dans l'infiniment petit pour y comprendre l'incompréhensible. Sa bouche ne se ferme pas et il continue de nous jeter de l'or à la gueule ; nous ouvrons nos mains avec des yeux fabuleux et sans émettre aucune résistance. Dorénavant, nous voyons l'histoire, non strictement celle de l'Europe et des vainqueurs, mais aussi celle des perdants et de ceux que l'on a fait taire. À ce stade, je ne fais même plus attention à mes camarades, j'oublie que le monde existe, je ne suis que simple réceptacle d'un Dieu inconnu qui me comble de savoir. Toute cette connaissance me permet de répondre à des questions imposées ; à trouver d'abord les réponses pour ensuite trouver les questions. Maintenant, le vieillard diaboliquement ingénieux nous raconte avec une éloquence impossible à égaler, qu'est-ce que l'art et son rôle ; l'amour et la violence ; la nature de l'Homme et la nature du monde… Je décide, sans vraiment le faire, de ne plus faire attention à ma montre, oh non, je veux du savoir, plein de savoir, j'en demande et j'en raffole. Je regarde le patriarche avec des yeux de prédateurs qui veulent assouvir un besoin primaire : apprendre, apprendre, apprendre pour être plus fort, plus fort, plus fort. L'écho de la grotte donne un effet épique à son discours féerique. Parallèlement à cette jouissance, j'ai l'impression qu'il change de visage, sa tête est bien plus cornue et il a un teint rougeâtre ainsi que des yeux jaunâtres, très certainement dûs aux lumières des bougies. Mon cerveau s'en fout de ce détail, il ingurgite, mais ne recrache rien par l'oreille ; à ce moment, j'ai l'intime certitude que tout ce que je sais, se décuple à une rapidité défiant l'envisageable et que cette connaissance va rester dans mon crâne pour l'éternité. C'est de la folie, de la sorcellerie ou bien de la magie noire. Qu'importe en outre puisque c'est un délice, un nectar bien supérieur au caviar. Le vieillard sans prénom termine alors son traité sur ses mots :

« *Demain, mes disssciples, nous étudierons des langues. Je vous souhaite une bonne nuit. Vous pouvez disssposer. Faites bon usage de mes paroles et rejoignez-moi au même endroit à la même heure.* »

Chacun se lève, nous commençons à nous redresser, car il nous faut partir. On pourrait croire qu'après une telle séance, nous aurions besoin de digérer ses informations, mais absolument pas : tout est limpide et parfaitement positionné dans une partie de notre valeureux crâne. Je n'ai pas mal de tête, non, j'ai un soulagement grandiose. Un des disciples, à la place de se diriger vers l'étroite sortie en pierre où l'on revoit l'éclat du jour qui se consomme, va discuter avec le professeur. Je suis indigné : comment peut-il avoir des questions, l'ingrat ? Nous savons presque tout. Qu'importe. Je sors alors de ce lieu, accompagné d'un seul de mes camarades, en saluant notre nouveau maître. Une fois dehors, j'annonce à cet acolyte que plus jamais je n'irai étudier dans l'université de la

USAL. C'en est fini de la surface académique qui a peur de faire le plongeon dans les profondeurs des idées. Ce jeune espagnol francophone qui s'avère s'appeler « *Unaii* » était évidemment d'accord avec moi :

- Tu penses que c'est réel ce que nous avons vécu. J'veux dire que ça me parait impossible d'apprendre autant de choses en aussi peu de temps. Je crois que ce que nous venons de voir, ne serait-ce qu'en physique, n'est accessible qu'à un doctorant. Moi, j'ai 18 ans, c'est tout. Tu trouves que c'est normal que je comprenne tout cela à seulement 18 ans ? Je ne suis pas bien différent des autres espagnols de ma classe d'habitude, et là, j'sais pas, je me sens monstrueusement supérieur, intellectuellement j'veux dire.
- Moi aussi, je suis tout ce qui a de plus normal en termes d'élèves, que ça soit en France ou ici.
- C'est de la magie ?
- Moi, je n'y crois pas. Tout autant que je ne crois pas aux légendes comme celle de la grenouille.

- Quelle grenouille ? Mais, si ce n'est pas de la magie, qu'est-ce alors ?
- Il n'y a pas de grenouille, oublie. Je ne sais pas, je n'en sais fichtrement rien, mais c'est indéniablement formidable. À cette vitesse, dans une semaine, nous aurons la science infuse.
- Très certainement, même avant. Je n'en crois pas mes yeux. C'est comme si un seul discours réunissait des années d'apprentissage, et cela, dans des dizaines de disciplines. Donc, si on accumule, on doit bien avoir appris pour un total de 60 ans.
- Probable. Très probable. Je suis un homme nouveau.
- Tu l'as dit, mon ami, nouveau de chez nouveau. Vive demain.

Après cette discussion qui me confirme l'incroyable évènement que je viens de vivre, je décide de rentrer chez moi. Je me rends compte qu'en à peine trois heures, je viens d'apprendre plus qu'en trente ans d'études. Sincèrement, et j'en suis certain, ce cours fantastique est comme si j'avais lu plusieurs encyclopédies dans un temps qui défie toutes réalités. Je me doute bien qu'il y a quelque chose derrière cela, mais quoi ? Peut-être la fameuse grenouille ? Plus sérieusement, je n'en ai aucune idée. Qu'importe, je veux continuer cet apprentissage, quitte à ne pas aller aux cours de la USAL. Jamais. Pour rien au monde, je n'irai pas demain, dans cette cave. Le vieillard peut me demander ce qu'il veut, je lui donnerai en fermant les yeux. Pour dire, j'ai même l'impression de connaître des choses que le reste des mortels ne connait pas encore, comme si j'ai dorénavant accès à un monde supérieur, que je vois les phénomènes par le dessus, par le dessous ; pourtant, je ne suis pas sorti de la grotte *platonique*, bien au contraire, je crois que j'y suis rentré comme un bourrin. Je n'ai pas gravi la grotte pour y sortir, non, j'y suis entré en piétinant les pieds pour mieux y descendre en cavalant. Enfin, bon, je vais dormir. Demain, la journée, je l'espère, sera aussi généreuse qu'aujourd'hui.

JOUR 2

En me levant, j'ai le sentiment que je suis plus puissant que la veille, plus sûr de moi, plus certain de mes propos en puissance. Ainsi, j'attends avec impatience l'heure de mon rendez-vous, de mon cours indicible. Je n'ai qu'une hâte : en savoir plus avec ce sage.

Je marche alors vers mon cours enchanté, vois aussitôt la grotte et mon camarade *Unaii*. Curieusement, il n'y a pas l'autre garçon qui était avec nous, sans doute est-il déjà dans ce repère à chauve-souris ? Surexcités, nous montons d'emblée dans notre salle de classe où la poussière et l'humidité dominent. Assis confortablement sur nos sièges miteux, l'ancêtre commence finalement son cours. Je ne fais même plus attention au fait qu'il manque l'un des élèves. La féérie recommence similairement à la journée d'hier. Nous commençons à parler de l'anglais, et j'apprends davantage que durant tous mes cours au lycée ; puis nous abordons la grammaire chinoise, puis l'orthographe russe et j'en passe. J'ai l'impression, sans même que le vétéran l'explique abruptement, de comprendre des règles qui structurent des langues qui me sont paradoxalement inconnues. En effet, j'apprends des choses alors même que notre professeur parle d'autres choses, comme si le savoir venait dans tous les sens, me saisissant par les côtés, de sorte que je crois avoir mille oreilles et mille cerveaux. Ma matière grise est immense, elle en devient intensément noire, obscurément noire. C'est absolument fantastique. Formidable !

Salamanca, tu es la plus belle chose qui me soit arrivée depuis *Prague* ! Pour dire, je ne distingue plus ses lèvres, le vieillard centenaire parle ; c'est comme si le génie me traverse comme une flèche transperce une cible. À nouveau, je crois voir des choses surréalistes, par exemple, j'analyse les informations voltigeant dans l'air, défiant la gravité et le rationnel, pour s'enfoncer droit sur moi, dans ma petite tête de vorace ; je m'observe gober, un à un, toutes ces connaissances tangibles. L'ésotérisme devient limpide comme de l'eau de roche, je le saisis dans ma paume de quémandeur et le déguste. Encore une fois, je crois voir le vieux maître rajeunir du visage, devenir rouge vif cette fois-ci, amenant un grand sourire où des quenottes lui perforent le menton. Qu'importe, je m'en fiche absolument de ce qui se passe, j'en veux plus, encore plus, toujours plus ! C'est l'extase absolue, la quintessence du grandiose et *l'ataraxie* à l'état brut. Nous parlons maintenant de géographie et en quelques minutes, j'apprends tous les pays et toutes les capitales ; quelques secondes après, toutes les montagnes, les fleuves et même les rivières départementales. Dorénavant, je comprends des choses que le monde ne comprend pas encore ou bien, a refusé de comprendre, tel que le sens de l'histoire ou bien les pulsions humaines. Que dire ? Rien, il ne faut rien dire, si ce n'est que je suis en train de devenir le plus grand de ce monde.

Le cours prend fin petit à petit, et j'ai le sentiment d'en avoir appris, non seulement beaucoup comme la première fois, mais deux fois plus que la première fois. Oui. Je parle aisément dix langues alors même que 24 heures auparavant, je ne connaissais aucun mot de ces dernières. Silence. Le réel retombe à nos pieds et les mots qui volaient dans les airs, disparaissent sans vacarme. Le *sachem* de ces lieux se relève, il s'exclame :

« *Demain, ssssera votre ultime enseignement. Après cela, je n'aurai plus rien à vous dire. Je vous apprendrai plusieurs choses : l'âme est-elle immortelle ? L'homme est-il libre ? Dieu existe-t-il ? Et enfin, qui sssssuis-je ?* »

Qu'il en soit ainsi. Je suis étonné des questions qui semblent bien plus abstraites et métaphysiques que nos deux cours ; mais c'est avec impatience que j'attendrai, mon capitaine. J'ai oublié qu'il ne s'agit que d'un contrat de trois cours. C'est ainsi. Mais bon. Je paierais cher pour en avoir d'autres... et très cher je paierai ! Avant de fuir cet endroit pour me délecter de mes nouvelles compétences, je veux lui demander si on peut avoir d'autres cours de la sorte, mais *Unaii* me devance en prenant la parole :

- Pourrait-on avoir plus d'enseignement ? Que pouvons-nous faire pour en avoir davantage ?
- En veux-tu plus, mon gourmand ?
- Évidemment, je veux tout, absolument tout.
- Très bien, reste avec moi à la fin du cours, je vais t'en dire encore.
- Et moi ? Moi aussi je veux vous entendre ?
- Tais-toi ! Je n'ai besoin que d'une personne par jour. Je ne m'entretiens qu'avec *Unaii*. Va-t'en, tu ne m'es pas encore utile.

Vexé et intimidé par ce nouveau tempérament, je n'insiste pas plus. Je vois bien, dans son regard serpentin, cette lueur qui m'est inconnue, une lueur démoniaque qui n'inspire pas qu'à la transmission. Alors, cette fois-ci, je sors seul de cette cave.

Quelques heures après, je réalise enfin que ce cours a un effet de drogue sur mon cerveau. Qu'il démesure les désirs et me rend coupable d'hubris sans que je le veuille. Mais qui est cet homme si mystique ? Il parle comme s'il connaissait tout, comme s'il avait tout vécu et je crains presque que cela soit bel et bien vrai. Je veux en savoir plus, mais cette fois-ci, sur sa méthode. Comment est-ce humainement possible que je parle, en une après-midi, le russe ou encore sache écrire le mandarin ? Où est la Raison dans cette affaire ? En bref, je décide de partir à la bibliothèque de la USAL, le fameux lieu où 40 000 livres sont séquestrés, notamment celui qu'il ne vaut mieux pas lire. J'espère en apprendre plus dedans. Direction le centre dans lequel se mêlent histoire tragique et tourisme pathétique.

Il est là. Je le vois. Il n'est point dur à trouver ce vieux bouquin. Effectivement, au troisième étage, il y a la salle de recherche où se réfugient les fossiles estudiantins, autrement dit les thésards. C'est là-bas qu'ils étudient en ingurgitant plus de café que d'eau afin de libérer de l'espace dans leurs cerveaux musclés de force. Dire que moi, sans boire une seule goutte de café, j'ai très certainement leurs niveaux maintenant ; pourtant, je n'ai jamais mis les pieds en salle de classe. Revenons à mon affaire : au milieu de tous ces studieux, il y a une immense boîte en verre avec écrit en latin (mais dorénavant, je sais non seulement le lire, mais aussi le parler) : *Livre de Satan*. Juste à côté de cette relique, je peux voir un autre bouquin prestigieux, un certain *Cervantès* : le panneau d'information m'apprend qu'il s'agit là d'un authentique, signé de sa main ; c'est une interprétation burlesque d'une drôle de légende de la ville dorée. Mais qui croît encore aux légendes ? Qu'il est naïf ce *Cervantès*. En outre, ce n'est pas de celui-là dont j'ai besoin. Alors, sans hésiter une seconde, je déclenche l'alarme incendie pour que personne ne me voie dérober la relique. Une fois que je suis enfin seul, je casse avec fracas la protection, saisis le livre méphistophélique, et m'enfuis dehors rejoindre les autres de mon espèce. Ni vu, ni connu. Je me doute bien que ce livre en cuir suspect n'est point un livre à l'accès facile ; il m'aurait fallu une autorisation pour pouvoir le feuilleter. Je n'ai pas le temps d'entreprendre le processus administratif et puis, je ne suis plus comme tout le monde aujourd'hui, je m'autorise un traitement de faveur. Néanmoins, ne vous en faites pas, j'irai le reposer une fois que je serai comblé, ou bien déçu, de ce que je risque d'y trouver dedans.

Une fois carapaté chez moi, je décide d'ouvrir le grimoire. Premièrement, je suis étonné de voir avec quelle facilité je lis cette langue morte, et deuxièmement, je suis choqué de la vitesse à laquelle je peux le lire. À ce niveau, je crois bien pouvoir lire 500 pages en deux heures. Suis-je devenu un génie ou un monstre ? Qu'importe, je vais vous le lire à voix haute pour que vous y voyiez plus clair :

« C'est dans une crypte souterraine que j'ai décidé de concevoir mon lieu légendaire. C'est ici, à Salamanca, qu'il y a une partie de moi. On me surnomme « diabolus » car je suis celui qui divise. Foutaise, moi, si serviable que j'ai été, voulais autrefois servir l'humanité. Pourquoi m'avoir rejeté ? On me fait l'esprit du mal, alors que je veux seulement rendre au monde la grandeur qu'il mérite. Je suis un ange révolté contre un dieu impuissant, j'incarne en ma substance l'esprit de la volonté qui se déchaîne. Je suis déchu, mais point perdu. Que je sois serpent, à tête de bouc ou bien humain fatigué, ma force n'est plus que risible et ne brille que dans ma grotte. La cave de Salamanca est l'un de mes repères (évidemment que le diable se démultiplie, des caves comme celle-ci, d'autres parties de moi-même, des frères et des salauds, en ont aussi dans d'autres contrées ; je ne suis point assez fou pour cristalliser ma force dans un seul corps, misérables mortels). Malheureusement, si j'écris ceci, ce n'est pas que j'ai l'envie de me montrer au grand jour, moi qui déteste, qui plus est, la lumière. Non, pour obtenir ma force, l'entité diabolique de Salamanque que j'incarne, a dû faire un serment avec lequel je dois expliquer comment fonctionne ma force. Les bureaucrates existent aussi chez les anges. Cela fait des siècles que je survis *parmi les faibles, donnant aux démesurés une gloire éphémère pour ensuite reprendre plus que ce que j'ai donné. Œil pour œil, dent pour dent ; savoir pour savoir, tu me donneras ta vie, faiblard, mécréant, contre mon précieux enseignement. La gourmandise est un des sept péchés capitaux, ne crois-tu pas qu'il s'applique avec l'hubris ? Le Méphistophélès de Goethe ne t'avait-il point prévenu de ma visite ? Ne vous a-t-il pas informé que le pacte faustien n'est pas sans conséquence ?*

[...] Si un contrat avec un mortel est engagé, durant l'un des trois cours que je lui enseignerais, l'un des trois élèves devra me donner sa vie (j'estime que c'est un petit prix pour le savoir ultime que je peux transmettre, il vaut mieux mourir avec la Vérité que vivre sans).

[...] Si jamais l'un des élèves ne vient pas à l'un des enseignements, il mourra dans d'atroces souffrances, il sera emmené dans les abysses de l'enfer. Il mourra sans même connaître la vérité, mais pourra au moins avouer que la Divine comédie, ainsi que l'imaginaire dantesque, ne sont finalement que des parcs d'attractions burlesques.

[...] J'écris ces mots en 1403, les théologiens viennent se ruer dans l'université de Salamanque et moi, je les attends la bouche ouverte, tous tombent dans le piège et me renforce.

[...] Un jour, ma gloire renaîtra. Ce jours-là, il faudra revoir de nombreux passages de la vulgate, notamment celui du Livre d'Isaïe :

« ***Te voilà tombé du ciel, Astre brillant, fils de l'aurore ! Tu es abattu à terre, Toi, le vainqueur des nations !*** »

Ce jour-là, l'ange rebelle, que l'on a condamné à la malice de la terre, reviendra prendre sa place au sommet des nuages. Il redeviendra l'astre brillant et supprimera le ciel. Toutefois, pour le moment, je suis bien trop faible. Il me suffit de ne pas dérober une vie pendant un de mes enseignements pour que je disparaisse à tout jamais.

[...] Quand j'enseigne, je reprends incomplètement mon apparence ; c'est à ce moment-là qu'il me faut voler l'âme de celui qui voulait trop en savoir. [...] »

Tout est plus clair dans ma tête. Le vieillard est une sorte de *Belzébuth*, il est un *esprit du mal* semblable à *Ahriman* dans la religion zoroastrienne. Le malin sait se jouer des Hommes pour arriver à ses fins, mais ce vieillard est encore maigrichon. C'est un vieux diable sans vigueur. Étrangement, je n'ai pas peur de ce qui risque de m'arriver, je crois que le fait d'avoir percé ce mystère me redonne un vif espoir. Il me faut dormir, demain j'ai examen, ou plus précisément, une sorte de jugement dernier. Les cours donnent du savoir, mais il n'y a que la nuit qui prodigue de vrais conseils. Je compte sur toi. Demain, mon ennemi de *Salamanca* s'abattra sur moi. Ma plus belle victoire ou mon ultime combat.

JOUR 3

Il est l'heure. L'heure de l'ultime vérité ; l'heure du dernier savoir. C'est aujourd'hui que je vais comprendre si mon outrecuidance sera jugée comme péché, ou alors sauvée, repêchée parmi les vices dans la rivière de la malice.

Comme je l'avais prédit, je suis bien seul devant la grotte, mon triste *Unaii* n'est malheureusement plus là, et je crains que cela soit définitif pour son cas. Pauvre garçon, *Narcisse* est tombé dans l'eau par faute d'amour de soi, lui, est tombé dans la gueule d'un démon beau parleur, par amour de la connaissance. Enfin bon. Ce n'est pas exactement la même chose, mais on s'en rapproche. *Unaii* n'est plus, faute de pacte informel et de démesure. Voilà tout. Des frissons me parcourent le corps, car ce camarade, en réalité, eh bien, cela aurait pu être moi. Le vice est souvent un gâteau qui se partage entre amis. Bon. Il est l'heure. Je grimpe les escaliers froids pour monter dans la cave afin de descendre rejoindre le prince des ténèbres. En haut, le vieillard est là, avec son sourire d'ange. Suis-je vraiment sûr que c'est à cela que ressemble Satan ? Qu'importe. Le chef ouvre la bouche, mais je décide de l'interrompre :

- Attendez une minute. J'ai une recommandation. Peut-on éteindre les bougies ?
- Pourquoi ssssouhaiter une chose pareille, mon ami ?
- Eh bien, c'est très simple : on raconte qu'il est plus simple de suivre des cours quand il fait nuit noire. En d'autres termes, *l'hypnopédie*, que vous connaissez fort bien, j'imagine, est un apprentissage par le biais de la somnolence. Le cerveau est d'autant plus actif quand aucun autre sens que l'ouïe n'est sollicité. J'aimerais expérimenter cela pour mon dernier cours.
- Évidemment que je connais. Ce n'est pas à l'élève d'apprendre une chose au maître. Fort bien,

essssayons cette ridicule technique si cela te chante, petit effronté.

Le *Malin*, vexé dans son égo étriqué, n'est *in fine* pas si malin. Ainsi, sans bouger, il souffle très fort de son pupitre et toutes les bougies s'éteignent en un seul coup, laissant derrière une odeur de feu. Enfin, il décolle ses lèvres et entame son ultime discours. Je commence à écouter et aussitôt, je deviens accro à ce qu'il raconte sur l'âme et son devenir. Je n'avais pas réfléchi à ça, mais sa voix est comme une drogue avais-je dit, on en veut encore et toujours plus, jusqu'à se goinfrer pour mieux vomir. C'est grandiose, tellement grandiose, philosophiquement et scientifiquement parlant, que j'accepterais même de vomir pour mieux en mourir. La vie vaut-elle vraiment le coup face à tous ses secrets révélés ? Ai-je le désir de mourir aujourd'hui, mais avec les vérités, ou bien de n'être qu'une poussière comme mes semblables, en vivant monotonement ? Il questionne ensuite l'humanité et son libre arbitre. Ce vieillard va au-delà des mots, car ceux-ci nous restreignent ; il va bien au-dessus du langage, il titille les Idées ; fait de l'inintelligible, quelque chose de simple, même pour un gamin paresseux. Je ne le vois pas, j'entends seulement une parole continue qui me percute en plein cœur et me fait jouir d'une nouvelle félicité. Qui suis-je, avec tout ça, si ce n'est un *Surhomme* ? Je devrais m'enfuir mais mes jambes restent clouées, ici, là, et je n'aspire plus qu'à écouter les derniers mots de ce vieux singe. Je suis emprisonné par ma propre curiosité. Vais-je mourir de gourmandise ? Chut. Il semble vouloir dire quelque chose :

« *Voici mon dernier sujet : Dieu existe-t-il ? Et enfin, qui suis-je ? Mon enfant, je vais te prouver que les valeurs ne sont pas grand-chose et que ces questions, quand quelqu'un se tient en face de moi, ne font qu'une.* »

Je ne le perçois toujours pas. Les mèches des bougies, jusque-là encore lumineuses, sont entièrement éteintes. Je ne vois rien, mais entends tout. J'observe seulement l'escalier qui est plus éclairé que le reste. Ma tête ne veut pas bouger de cet endroit délicieux qui est paradoxalement un cimetière d'étudiants. Dieu merci, c'est mon corps qui prend le devant. Sans que mon cerveau y consente, mes jambes se mettent debout et j'avance en silence vers la sortie. Pied après l'autre, je marche comme une véritable panthère qui s'apprête à bondir. Mais une panthère, ça attaque, ça ne fuit pas ? Alors disons que j'étais comme un lièvre apeuré qui fuit un renard alléché. Le vieux diable continue son propos et l'écho invisibilise mes déplacements. Je marche lentement. L'objectif serait de sortir juste à la fin du cours, car c'est de la sorte qu'il n'aura pas ma vie et périra en conséquence. Mais un tel projet demande une technicité digne d'un stratège. Heureusement pour moi, c'est le diable lui-même qui m'a appris, durant notre premier cours, comment fonctionnaient les tactiques les plus audacieuses de l'histoire, que cela soit celles des combats ou bien de mercenaires individuels. Je savais comment m'y prendre, mais comme je le dis souvent, la théorie n'est rien sans la pratique, même pas un petit bout de vérité, pas non plus un semblant de sentier… Moi, je suis dorénavant juste à côté de l'escalier, tapi là, juste ici, dans la pénombre. C'est le moment, je le sens. Le vieillard se tut un instant, puis dit cela afin de conclure ses trois heures d'enseignement :

« Mon cher ami, voilà la dernière chose que tu vas comprendre : qui suis-je ? Eh bien, c'est très simple, je suis… Un Diable en personne ! Le Diabolus de Salamanca ! ».

À ce moment-là, je vois le vieux se transformer en monstre cornu, d'un rouge écarlate terrifiant. À présent, enflammé par les feux du pandémonium, je ne vois que lui dans la pièce, car il saute, sans gaité de cœur, avec les crocs acérés, sur mon siège. Raté ! Si je n'avais point bougé, je serais certainement dans les limbes ou bien en train d'engager une brasse peu désirable dans le *Styx*. C'est le moment. Tétanisé, je perçois son regard déçappointé qui me cherche dans la pièce ; il exprime sa rage à travers un cri strident et je comprends aussitôt que c'est maintenant ou jamais que je dois m'enfuir. Satan vient de saisir la supercherie et hurle derrière mon dos pendant que je cours le plus vite possible dans l'escalier. Quitte à trébucher, je veux sortir d'ici vivant ! Arghhhh, c'est ignoble ! Je ne souhaite à personne d'entendre ses hurlements sifflants. Juste avant la sortie, je sens que quelque chose m'accroche de toutes ses forces, avec une poigne titanesque. Vais-je donc mourir alors que je suis si près du but ? Aïe, lâche-moi sale bête ! Je lutte du mieux que je peux, sans me retourner. Je sens une chaleur toucher mon dos. Aïe, merde, ça brûle atrocement ! Je suis brûlé, ça brûle ! Merde ! Et…

« ***Shhccccccrrrrrooooooôââââââââââââââââââââck*** »

Étourdi, j'essaye de me relever, vainement. Des étoiles tournent autour de ma tête. Je suis sonné : ai-je réussi ? Évidemment que j'ai réussi, le héros gagne toujours dans ce type d'histoire. Ici, le héros, c'est moi ! J'entends un boucan infernal de pierres qui s'écroulent et de bêtes qui souffrent. Des violents "*bramtabacam*" et "*boumbimbam*" explosent dans tous les sens. J'observe, tant bien que mal, l'entrée de la *Cave de Salamanque* : rien, c'en est fini ; il n'y a là qu'un tas de ruines. Il n'y a plus rien. Le diable n'est plus. Moi, petit étudiant, j'ai vaincu un diable de mes mains. Il n'y aura plus de victimes. Plus jamais rien. Suis-je un héros ? Non, ce n'est pas le moment de parler de cela. Il me faut partir et oublier, ou bien comprendre, cet événement surnaturel.

Je marche, je marche, je marche. Il est tard, tard, tard et seuls les lampadaires éclairent la ville de *Salamanque*. Il n'y a personne le long du *Tormes* silencieux. Il n'y a que moi et mon ombre. Enfin… Non. Non, non, non... Merde ! Il n'y a que moi ! Où est mon ombre ? Où est-elle ? Merde ! Avant de trépasser à jamais sous les cailloux, le diable a emporté mon ombre. Sapristi. L'ordure. C'était donc cela, cette chaleur dans mon dos et ce bruit assourdissant, ce « *Schlackkk* » qui me donna l'impression d'une coupure intérieure. Bon. Merde, fait chier, mais je suis en vie. C'est déjà ça. Me voilà condamné à vivre de la sorte. Qu'importe après tout. Ce n'est qu'une ombre et elle vaut bien le prix de toutes mes connaissances. Qui utilise son ombre tous les jours ? Ne vaut-il pas mieux perdre une ombre qu'une main, par exemple ? Allez. Pas grave. Merde quand même. Je dois dormir pour demain, célébrer que je suis encore là, parmi l'humanité qui bouge et qui respire. La vie, ça se célèbre. Les connaissances sont les plus belles des récompenses. J'ai rompu avec le diable, je suis toujours un citoyen du monde, un Homme en chair et en os.

Bien des années plus tard...

En chair et en os, avais-je dit ? Certes, mais mon esprit est un diable en personne, une monstruosité qui n'a rien d'humain. Comment ai-je pu y croire si fermement à cette balourdise ?

Bref. Me voilà à nouveau devant ce qu'il reste de la *Cueva de Salamanca*. Il n'y a plus rien ici. Rien, à part une petite statue en bronze et de la poussière de roc qui pue la magie. J'étais si jeunement naïf et n'aspirais qu'à vivre. Malheur ! *Pauvre de moi ! Erreur. Échec. Défaite.* Depuis ce jour-là où le soleil tapa sur mon front d'étudiant, plus grand-chose n'a de saveur. Oh malheur ! Malheur ! Avec toutes mes connaissances, la vie n'est qu'un grand banquet, fade et sans invités. La solitude létale d'un génie sans mérite, voilà mon putain de butin. Mon seul trésor est d'être, pour l'éternité, l'élève qui trompa le vieux diable.

Sans mystère, il n'y a plus d'humanité. Ainsi, sans croyances, l'humain n'est qu'une anomalie naturelle. Hélas, je ne me nourris plus que de certitudes et c'est bien là la pire des malédictions. Ah *Vincent Dhautibus*, crois-moi, ta *Voie orphique* n'est pas dans la science infuse ! La gourmandise du *seigneur des mouches* est un des sept péchés. Regarde-moi, je connais tout, mais n'apprécie rien ! C'est encore une fois la perpétuelle question de l'imbécile heureux ou de l'intellectuel souffrant ; pire encore, du *je sais tout* qui nous fait devenir mourant. Que veux-tu être, mon ami ? Hein ? Que veux-tu dans cette vie-là ? Si tu veux vivre, vivre au sein de la Vie, ce flux puissant et impétueux, si tu veux accepter la vie telle qu'elle se manifeste chaque jour dans les phénomènes, il te faut te forcer à **connaître**, et non **apprendre** par un autre : le savoir ne s'apprécie et n'est salutaire, que comme recherche désintéressée. Sois passif dans ton insoutenable curiosité, mon frère.

Regarde-moi ! Aujourd'hui, je ne suis pas le diable, certes, mais l'une de ses répugnantes progénitures : le plus malheureux des diablotins, un vieillard impur qui ne demande que la candeur d'un enfant immature. **Au diable, le diable et les Flexbous ! Depuis mon séjour à *Salamanque*, je *croââââââââs* aux grenouilles et aux légendes.**

FIN.

Pierrot de Salamanca, c'est avec *Rossinante* que tu t'en vas ?

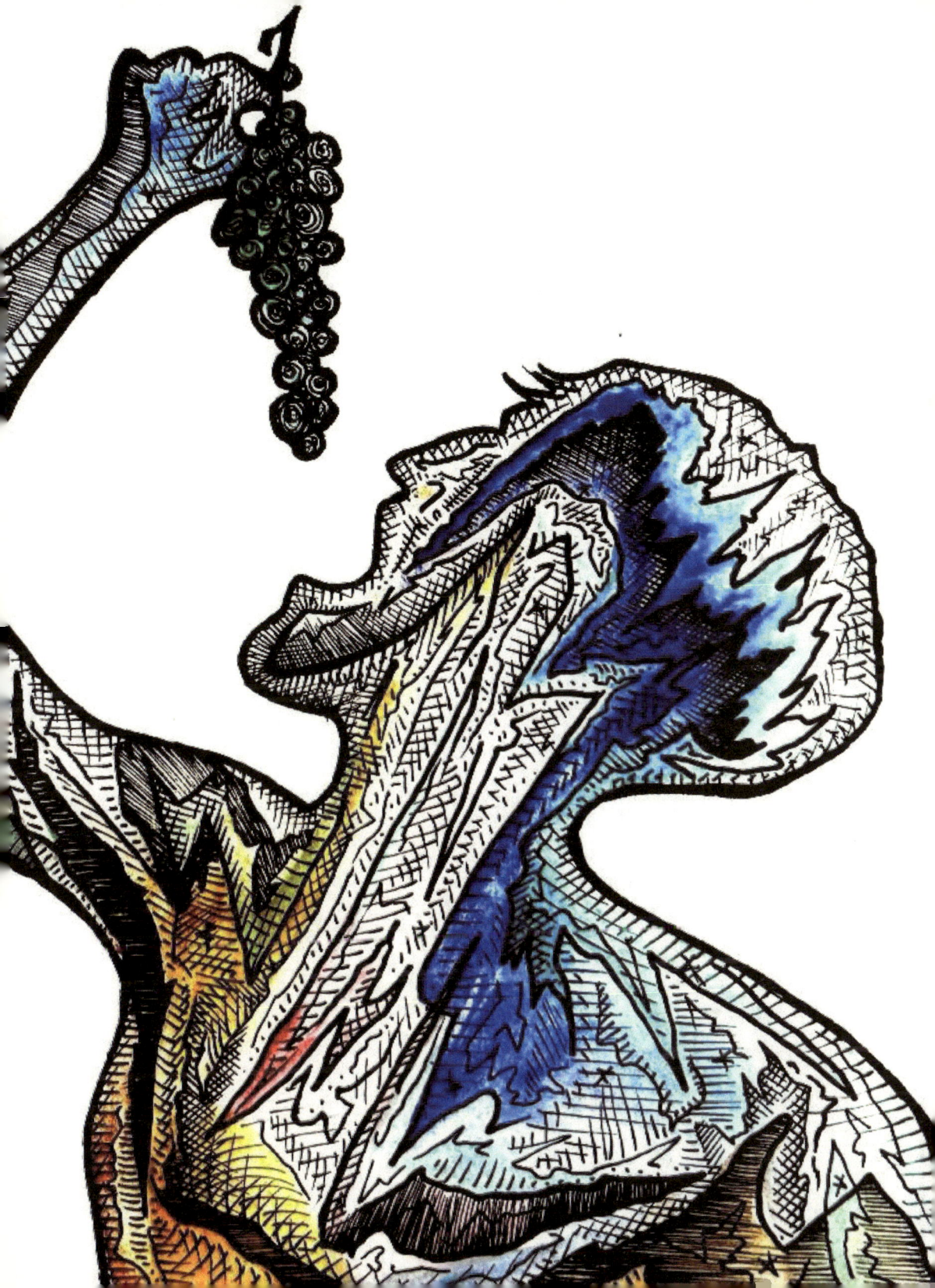

NOUVELLES DE SALAMANCA

PIERRE LE GROS